W0330826

LES RECRUTEURS

GUILLAUME DASQUIÉ

LES RECRUTEURS

roman

BERNARD GRASSET
PARIS

Bande : © Gettyimages

ISBN : 978-2-246-81939-4

Tous droits de traduction, de reproduction et d'adaptation
réservés pour tous pays.

© *Éditions Grasset & Fasquelle, 2022.*

« C'est toujours de cela dont il est question dans les fictions avouées de la littérature comme dans les fictions inavouées de la politique, de la science sociale ou du journalisme : de construire avec des phrases les formes perceptibles et pensables d'un monde commun (…) Ce n'est pas alors fiction contre réalité mais fiction contre fiction. Et l'on ne peut réduire cette bataille des fictions à une opposition entre la littérature savante des élites et la chronique ordinaire des faits. Elle se tient au contraire partout où il s'agit d'établir le décor de ce qui fait la réalité commune. »

Jacques Rancière, *Les Bords de la fiction*,
2017, Éditions du Seuil.

1

Désormais, la porosité règne sur le monde. Observe ; la chaleur de Tunis du mois de juillet pénètre jusqu'ici, dans cet immeuble de verre et de béton de Telemarket, avenue Mohamed Bedra. De l'autre côté de l'entrée principale, depuis une ruelle de terre et de castine, après chaque voiture s'élèvent des nuées de poussière brûlantes, elles se faufilent par ces baies vitrées avant de circuler dans le réseau de climatisation, des brouillards pastel en ressortent par endroits. Graffitis en apesanteur, autour des buses d'air tiède. Lui, ne les remarque pas.

Capitaine résigné au milieu de ses troupes, sourire de politesse pour ses meilleurs soldats, épaules voûtées par les renoncements – pour quelque temps encore –, indifférent au combat en ce moment engagé, Anis, directeur adjoint de Telemarket, traverse le vaste plateau où son régiment de conseillers téléphoniques appelle ce matin le sud-ouest de la France, oui madame !, pour un abonnement à ce bouquet de douze chaînes, à ce prix-là, vous m'avez bien entendu.

Entre les box de contreplaqué, les voix augmentent de vigueur au passage de son ombre, modulent comme il leur a appris, marquent des silences pendant les démonstrations pour que s'affermissent les arguments, avant d'accélérer dans les questions, de les précipiter, pour que vacillent les réticences ; cette infanterie ne lève pas les yeux, tout le monde a reconnu la silhouette du chef, torse sec, chevelure zébrée de gris, et, sans broncher, exécute ses directives plusieurs fois victorieuses.

Tiens ! Cette réponse appartient au quatrième dialogue de la cinquième branche d'une arborescence rédigée le mois précédent, en faveur d'un géant français du numérique. Un plan de bataille échafaudé pour capturer de l'adhésion, provoquer des besoins, signer des contrats. Du démarchage téléphonique devenu procédé scientifique. Un script conversationnel ; on le nomme ainsi dans le métier, sorte de pièce de théâtre à choix multiples, où les phrases les plus anodines des interlocuteurs entraînent telle ou telle repartie, au gré des contenus et selon les profils. La cinquième branche, Anis s'en souvient, l'opérateur s'y dirige lorsque les données privées de l'objectif, le numéro contacté, se rapportent à un couple dont le trafic Internet indique des recherches sur l'éducation des enfants de moins de 5 ans.

— Bien sûr, l'arrivée d'un fils ou d'une fille transforme le quotidien, les tâches sont nombreuses, on manque de temps, il faut bien l'occuper, notre offre inclut par exemple deux programmes pour les tout-petits, conçus par des pédagogues.

Près des néons, un panneau en suspension affiche les relevés tactiques ; en ce moment les températures atteignent 26 degrés à Bordeaux, Toulouse et Montpellier, là-bas les cibles de Telemarket suspendront sous peu leurs activités pour une heure ; sur des pelouses, des gens ouvriront des boîtes en plastique de nourriture. L'approche du repas allège les humeurs. Ça flaire l'œuf dur et la mayonnaise. Allô ? Désolé de vous déranger…

Anis ralentit sa marche, ne pénètre pas dans son bureau, à quelques mètres pourtant, unique espace isolé de l'étage, avec parois vitrées, des stores maintenus en persienne, une porte transparente, et, privilège, un ventilateur plafonnier. Quelque chose ne va pas. Une tension se propage sur le plateau.

Il s'immobilise à la hauteur de Charifa, sa protégée, 18 ans, des cheveux longs noirs bouclés, dévoilés pendant les heures de travail, le menton rebelle, un nez discrètement bossu, des yeux fins sans aucun doute, et des doigts nerveux, veinés, sans pitié pour les claviers. Et pour animer le tout, de la gravité, rien d'autre. Qui se rappelle avoir vu un jour ce visage s'éclairer d'un rire ?

Derrière elle, Anis, raide, les mains dans les poches, abaisse lentement le buste pour lire sur l'écran de la jeune fille ; Charifa sans se retourner clique sur la fenêtre des résultats, des courbes et des chiffres rouges s'inscrivent. Depuis le début de la matinée, le taux de refus directs, le nombre de gens raccrochant après moins de cinq secondes, dépasse la norme habituelle, celle à l'origine de sa renommée dans l'immeuble, de sa tranquillité. C'est mauvais.

Il s'enferme dans son bureau, décroche le téléphone. Hurlements du patron. Anis imaginait consacrer sa journée à des sujets plus importants, ça l'ennuie, il écoute à peine le directeur général, pressé de rétablir la situation. L'opérateur français du numérique menace de ne pas renouveler son contrat, une catastrophe, ses commandes génèrent un tiers des recettes. Le script ne convient pas, c'est certain, il doit être repris. Anis, on réclame de toi un miracle ! Oui, un acte presque magique, comme si la persuasion dépendait de formules mystérieuses. Les ignorants. Charifa le rejoint, s'assied face à lui, attend les consignes, regard baissé sur un bloc de papier, elle murmure des interrogations, soliloque, cherche des raisons, se remémore les enseignements d'Anis, ses recommandations. Il l'avait pourtant approuvé, cet ensemble de dialogues.

Au téléphone, les mots du directeur général chuintent, elle croit entendre son prénom, la voix sature, parle-t-il d'elle ? Anis éloigne le combiné de son oreille, quelques centimètres, se masse le front, expire, et scrute sur son ordinateur d'abord chaque ligne du texte, puis le codage de cette campagne commerciale. Les yeux de Charifa zigzaguent entre les rayons de la bibliothèque à gauche près de la fenêtre, interrogent les titres de livres, des manuels, à apprendre par cœur pour se montrer à la hauteur de sa promotion ; assistante du directeur adjoint à 18 ans. Ces galons, qu'Anis lui a décernés, obligent à un travail irréprochable, même pour la meilleure élève du Lycée français de Tunis, baccalauréat mention très bien à 16 ans. Elle les a étudiés, ces théoriciens de la psychologie sociale, les scientifiques de la gestion des émotions, ceux de la soumission librement consentie, Freedman et Fraser, Joule et Beauvois, et leurs praticiens, innocents disciples, pervers évangélisateurs, simples enseignants, Nicolas Guéguen, Fabien Girandola. Comme Anis l'a ordonné.

— Rassure-toi, le script n'est pas en cause, juge-t-il, articulant avec douceur, après avoir raccroché.

— Mais ces scores ? C'est horrible. Que diront les Français ?

— Les Français, on les emmerde !

— Quoi ?

— Bon, pour notre problème… Les différentes accroches prévues pour les premières secondes de conversation ne fonctionnent pas. La nuit dernière, les types de l'intégration se sont gourés en associant les nouveaux fichiers de nos courtiers…

— Hein ? Quels courtiers ?

— Les courtiers en données privées, pardi ! Toutes ces informations sur le profil des gens que nous appelons au téléphone, eh bien nous les achetons, à des sociétés américaines le plus souvent, des marchands de données privées. Comme Acxiom. Depuis 8 heures, à chaque fois qu'un appel est passé, le dialogue à suivre sur vos écrans ne correspond pas au profil de la cible. J'envoie un message au quatrième étage, pour revoir la configuration. Ce ne sera pas long.

L'origine de son irritation pour ce client, Charifa aimerait la connaître. Pourquoi cette colère ? Pas contre ce Français, Charifa, non, contre les Français ! Tous.

— Comme moi, ils gâchent leur talent !

— Carrément…

— J'ai vécu chez eux tu sais, j'ai étudié six ans à Paris, jusqu'en 2011. Je suis rentré quand le Printemps arabe a débuté. Ici, j'étais tous les jours avenue Habib Bourguiba. Mes amis attendaient beaucoup des Français, de leurs intellectuels, de leurs artistes. Ils pensaient qu'ils arriveraient tous. On a trop lu leurs livres, applaudi leurs films… Merde, on est le seul pays arabe à avoir à la fois promu l'égalité homme femme et à apprendre le français à l'école ! Ça aurait dû leur rappeler des souvenirs, tu crois pas ? J'ai consacré des heures à écouter leurs débats et à lire leur presse. Ils auraient pu montrer une voie. Nous sauver de l'épicerie mondialisée et des dictatures ; qui s'entendent d'ailleurs plutôt bien, tu remarqueras ! Mais non, ils ont des états d'âme. Ils s'en remettent à Twitter, ont de nouveaux prédicateurs, des sorciers de la polémique, mais brève, qui agite les humeurs. Élaborer une pensée ? Pas question. Leur grand projet humaniste a rétréci. Désormais, il tient en un slogan : améliorer le pouvoir d'achat chez eux ; bouffer les riches et polluer le moins possible. Leurs grands auteurs, tu les as lus…

— Un peu.

— Balance-les. C'est périmé. Les Français ne cherchent plus la vérité, ils cherchent des coupables.

— Pas tous peut-être.

— Tu verras… Leurs intellectuels ont fait des gamins qui sont tombés chroniqueurs télé ou accusateurs publics. Les génies aussi enfantent des crétins. Et nous ? Rêve pas. On sert de hot-line à leur audience.

— Au moins on sert à un truc.

— File, les autres veulent que tu leur parles…

Le patron s'inquiète. Il déroge à de nombreuses habitudes pour Anis, certes l'efficacité de ses scripts lui accorde des avantages, lesquels cependant ne résistent pas à l'appel d'un client mécontent. Il faudra discuter avec le directeur de la future organisation, le convaincre, il réclame d'être rassuré, le jeune âge de Charifa le préoccupe. Bientôt, selon les vœux d'Anis, Telemarket ne l'emploiera plus que trois heures par jour, avec salaire maintenu, et Charifa, qui le relaiera, appliquera ses consignes.

Cette année 2014 sera la sienne. Il ne laissera pas passer sa chance pour ces élections législatives d'octobre, dans neuf semaines ; il mènera une liste pour l'arrondissement d'El Ouardia, comme député suppléant aux côtés de l'homme d'affaires Hosni Barma. Ses désirs n'ont pas varié depuis le petit mouvement de quartier, lancé avec ses amis lors de l'Assemblée constituante de 2011. C'était le premier suffrage de la nouvelle démocratie. Il y avait tant de candidats. Chaque famille en comptait un. Ils ont perdu au premier tour avec un score ridicule, dans ces faubourgs de la capitale où ils ont grandi, tous d'anciens dissidents du syndicat étudiant UGET, au temps du tyran Ben Ali.

Personne ne contestait la noblesse de leurs propositions diffusées sur une plateforme en ligne – ni leur manque de réalisme. Désormais, les grands partis copient l'outil, les directeurs de campagne prétendent séduire ainsi les jeunes électeurs. Anis récidivera, avec de l'expérience et des réseaux cette fois. Il nous incombe de bâtir une société tunisienne du partage, égalitaire, strictement égalitaire, laïque mais respectueuse de l'identité arabo-musulmane, gazouille-t-il dans l'ombre d'Hosni Barma. Ce dernier, absorbé par le gain de ce siège, palabre déjà, dit-on, avec le parti islamiste Ennahdha.

Le scrutin réclame dès à présent de s'organiser. Seul à sa table, débarrassé des futilités, Anis s'attaque à la priorité du jour. Sous le bureau, son pied droit bat une mesure rapide, il se redresse face à l'écran, ouvre le moteur de recherche, écrit son prénom et son nom, tape sur envoi. Liste des résultats. Malheur. Le fichu article du journal *Assabah*, vieux de trois ans, apparaît encore en deuxième position. On le soupçonne, lui, Anis, alors gérant d'une petite société informatique et ex-candidat à l'Assemblée constituante, d'avoir discrètement aidé un groupuscule islamiste armé, à la frontière libyenne, sous couvert de soutiens accordés à un centre de formation continue. Son nom figure une demi-douzaine de fois, dans des phrases surchargées d'adjectifs ; opaque, terroriste, dissimulé, financier, scandaleux.

La faute d'un ancien client qui a tenu à le payer en argent liquide et a accepté toutes ses propositions commerciales sans les négocier. En contrepartie d'un geste de générosité, une bonne action, installer un modeste réseau d'ordinateurs au profit d'une œuvre caritative, à Tataouine, à 500 km vers le sud-est. Une structure pour les jeunes déshérités, une école d'un genre nouveau, a-t-il dit, nécessitant une poignée de machines dotées de quelques dispositifs de sécurité, pour protéger les gamins. En réalité des gaillards de 25 ans, barbes jusqu'aux tétons, qui psalmodiaient des sourates en salles d'étude, franchissaient des parcours du combattant encombrés de fils barbelés durant les récréations, et, après la cantine, discutaient en ligne avec des chefaillons islamistes, grâce aux appareils offerts par Anis. La justice l'a innocenté après un an et demi d'enquête.

Sans délais, exiger de Me Soufiane, son avocat, qu'il rappelle à leur engagement les journalistes d'*Assabah*, rencontrés il y a encore deux semaines, lors d'une réunion dans les beaux quartiers de Carthage. Vous réalisez, maître ? Ils rechignent à tenir compte d'une décision du tribunal, parce que celle-ci dément des accusations sensationnelles. Faut pas les lâcher ! Ils ont promis de corriger leur texte.

Anis contient sa rage, celle des victimes d'injustices trop longues à expliquer. Rouage hasardeux d'une machination façonnée au gré des intérêts, où les mêmes personnages, sans se concerter, se nuisent et s'entraident en des actions simultanées, poursuivent des objectifs communs par hasard, où règnent la réalité et ses entrelacs, se fichant des résumés de morale. Les lecteurs des journaux en ligne en seraient égarés, ils préfèrent des historiettes dans lesquelles seuls se croisent des anges et des bandits, des salauds et des sauveurs, et sous des masques évidents, notoires, pour condamner, se révolter ou absoudre en peu de temps, entre deux stations, un repas et un film. Maître Soufiane, ne mollis pas, bon sang ! Une carrière au service des habitants de Ouardia nous attend.

Au sud-est de Tunis, parfois, après la tombée de la nuit, de délicats phénomènes aériens soufflent en direction de ces rues de Ouardia, en particulier près de la colline du Djellaz. À la faveur d'un mouvement en Méditerranée, l'air venu de la côte monte jusqu'ici, balaie les jasmins à l'intérieur des résidences, capture leurs effluves, les transporte vers ces modestes habitations de deux trois étages, soudain parcourues de vagues fleuries, que fortifient les courants d'air organisés dans les maisons, guidés par les cloisons, avant d'être brisés par les murs, provisoirement, et de revenir. Ressac de parfumeurs. Anis ne s'est pas pressé. Il apprécie cette marche, espère que les senteurs intercepteront encore sa promenade, jusqu'au petit immeuble à proximité de l'épicerie Anouan.

Par la fenêtre, on l'a vu arriver. Meriem traîne des pieds mais ses paupières se relèvent. Fatiguée et radieuse, elle ouvre la porte, avance sur le palier du deuxième niveau plongé dans le noir. Elle s'approche de la rambarde qui domine le trottoir. Sa tête se penche. Dans la pénombre, des fils argentés zigzaguent au milieu de ses cheveux noirs, reflets du cône lumineux descendu d'un lampadaire sur sa coiffure tirée vers l'arrière, ramassée en un chignon.

Sa journée de labeur disparaît dans cette demi-obscurité, et les plaintes des patients de l'hôpital, et les devoirs des enfants, et la valve de la machine à laver qu'elle a changée en rentrant, et son visage exténué. Elle a levé une main, écarté ses bras, elle le serre contre son cœur.

— Je suis contente que tu aies pu te libérer. Salut mon frère… Enfin non… Monsieur le futur député suppléant, plutôt.

— Ah ce n'est pas fait, ma sœur ! Il nous reste du chemin. Il faut d'abord clôturer notre liste, solder de vieilles histoires, mais on y bosse, et cette fois, tu verras, on transformera les choses.

— Oui, enfin pas trop quand même. Et sois prudent ! Ton candidat, Hosni Barma, c'est un professionnel de la politique.

— Et moi alors ? J'ai mon expérience.

— Toi ? T'es un idéaliste ! Avec du sens pratique dans ton travail, auquel je comprends pas grand-chose. Juste que les gens passent trop de temps devant leur écran, abandonnent leurs données privées et que toi, t'en profites…

Dans le salon éclairé par des bougies, ils prennent place dans les canapés en skaï. Les enfants les surnomment « canapés pas bouger ! ». Toute une attraction. Les deux plus petites, 6 et 9 ans, attendent, sourire gourmand, le premier son incongru qui s'élèvera des cuisses de leur oncle, au moment de se servir, de se mouvoir pour attraper un verre, oui, il faut être patiente, et surveiller maman d'un œil, elle trime, comme infirmière, elle peut avoir de l'humour, mais pas tous les jours, et uniquement de l'humour d'adultes. Anis, familier de la farce, grimace à leur attention. Ensemble, ils entourent une table basse où Meriem a posé deux épais classeurs, une coupe d'amandes fraîches et une carafe d'eau, perlée de vapeur, saturée de glaçons, de feuilles de menthe, de rondelles d'orange. Voici l'aînée et un plateau de pâtisseries, en provenance de la cuisine ; salut tonton, bonsoir Charifa.

Comme à chaque fois depuis près de six mois, Meriem remercie plusieurs minutes son frère de ce contrat offert à sa fille chez Telemarket, une chance exceptionnelle pour la grande, qui baisse les yeux.

— Et puis ça t'apprend à te méfier de ces satanés écrans, ma fille ! Ça invite à réfléchir tout ce que vous vendez à ces gogos, non ? C'est utile ça.

— On fait un travail sérieux, maman.

À l'hôpital, les collègues de Meriem se désolent à propos de leurs enfants. La plupart se déclarent chômeurs sitôt 18 ans passés, vident des containers pour une misère, payés au noir, à l'aurore, sur les quais du port de Radès, ou se languissent à la maison devant YouTube. Pas Charifa.

Anis répond d'une évidence, polie, brève. Se refuse d'évoquer le reste ; son désir de leur venir en aide, le départ du mari de Meriem, il y a trois ans, sans un mot pour les filles, après une dispute prétexte, impossible d'en parler, aucune d'elles ne s'en est remise. Les avant-bras de Charifa se mettent encore à trembler, quand dans une pièce résonne le prénom paternel.

Meriem a sorti pour son frère les albums photo du Printemps arabe comme prévu, pour le futur site Internet du candidat. Dans quelques semaines, la légende du député suppléant aura été créée, ça racontera une aventure, ancrée dans l'histoire de l'arrondissement. Elle a sélectionné quelques clichés. Sur celui-ci, Anis, large sourire, défile en compagnie de l'actuelle directrice adjointe des affaires sociales de la mairie, de deux amis dorénavant à la tête d'une centrale de réservations hôtelières et d'un autre devenu haut fonctionnaire au ministère du Commerce. La plupart, hilares, tendent les bras vers le ciel, les doigts forment des V, tu te souviens cet après-midi-là ? Trois ans et demi déjà.

Personne ne travaillait depuis deux semaines. Aux heures de pointe, ils s'obstinaient à s'asseoir au milieu des rues, avec des dizaines de milliers d'étudiants. Même les enfants participaient. Sur cette image Charifa, l'année de ses 15 ans, donne le biberon à sa petite sœur, dans son couffin sur le bitume, aux côtés de sa mère. Les journées et les soirées consistaient en des suites d'assemblées générales, de *sit-in*, de rendez-vous au café et de dîners à affiner les idées qu'il faudrait défendre le lendemain. Et la nuit, on les testait en essayant de nouveaux mots d'ordre sur Facebook. Quatre semaines de cette vie et Zine el-Abidine Ben Ali a abandonné, le 14 janvier 2011. Impossible d'oublier ce vendredi, quand l'information a été connue. Le dictateur, sa terrible épouse et leur clan de prédateurs prenaient la fuite. Ces photos, ce sont celles du triomphe. Leur père est parti deux jours plus tard. Dans la nuit les enfants ont entendu ses dernières paroles, des éclats de voix. Je veux démarrer une nouvelle vie.

— Et ensuite ? les interrompt Charifa, après ces beaux moments pour les générations futures et pour la Tunisie, rappelés cent fois, qu'est-ce qui s'est passé ? Ou plutôt qu'est-ce qui a déraillé ?

— Ne sois ni injuste ni ingrate, ma fille !

— Ingrate ? Mais maman ! Chaque matin je suis reconnaissante à tonton Anis de ce poste qu'il m'a obtenu, et de tous ses efforts pour que je lui succède un jour. Regarde les choses en face. D'abord, même lui reconnaît que c'est un emploi abrutissant. À peine correctement payé, et qu'il n'a pas refusé malgré ses belles idées de transformations sociales et ses projets égalitaires. En attendant la société idéale, il manipule des foules, pour augmenter les parts de marché de grandes compagnies !

— Plus pour très longtemps, crois-moi !

— Je sais, tu n'avais pas le choix après tes ennuis avec les islamistes. Enfin pardon, causés par le centre de formation islamiste. Mais comprenez-moi. Chez Telemarket, la seule évolution possible, c'est de rédiger des scripts conversationnels, pour échapper à ceux condamnés à les répéter à longueur de journée, en appelant des types en France qui ne rêvent que de promotions commerciales. Et c'est un des rares secteurs qui recrutent. Tu te rends compte que chez nous, plus les gens sont diplômés, plus ils sont nombreux au chômage. Chez eux, plus ils sont éduqués, plus ils nous raccrochent au nez ! Quand j'ai parlé de cet emploi à mes profs, ils m'ont conseillé de cesser mes études. D'abandonner la préparation du concours pour l'école d'architecture… C'était mon projet… Depuis toute petite je m'y suis préparée. Raisonnablement, aucun jeune architecte n'est embauché, jamais, et les cabinets ferment les uns après les autres, ils ont dit. On peut se mettre d'accord sur un constat, alors ? La Tunisie imaginée pendant votre révolution n'existe pas !

— Ne la dispute pas Meriem, elle n'a pas tort. La réalité, l'authentique, c'est toujours merdeux. Ce sont des approximations avec lesquelles on se débrouille.

— Merci tonton, je vois que tu espères encore des lendemains meilleurs. Tu sais maman, c'est pas de travailler beaucoup qui m'ennuie, même pour des petits salaires, même si chaque barreau de l'échelle sociale s'annonce élevé. Pas grave. Non, ce qui ne va pas, c'est le bout du chemin. Là, mon unique avenir dans la vie, c'est de vendre des abonnements télé à des Français désœuvrés. Sérieusement ? Ce qui ne va pas, ce sont vos récits sur l'espoir né avec le Printemps arabe. On n'a jamais connu cette saison, d'ailleurs, elle n'a pas fait long feu, depuis qu'on est en âge de comprendre, c'est l'hiver.

La porte de sa chambre a claqué. C'est bête, elle ne regardera pas le film que tonton a apporté sur son disque dur, une vieille comédie anglaise, *Coup de foudre à Notting Hill.* Les deux petites attrapent d'autres amandes, mâchouillent sans bruit, elles désireraient retrouver leur grande sœur, l'embrasser avant de se coucher ; tracassées, elles scrutent maman, les yeux au plafond expirant une bouffée d'air, n'osent pas demander la permission. Leur aînée a des soucis, certains dont elles ne diront rien, elles lui ont juré de protéger le secret. Charifa aurait pu prolonger son réquisitoire, face à Meriem et Anis. Elle aurait pu se confier à propos des moments passés avec ce garçon, de leur rêve commun de vivre ensemble, extravagant pour l'époque, pour ces années tunisiennes, auquel il a fallu renoncer sans se rebeller.

Ils se sont rencontrés à la plage, il y a deux ans, un après-midi du mois de juin, peu après les cours, à la fin de sa terminale. C'était en lisière d'un espace réservé à un hôtel quatre étoiles, devant des flots privatisés, sable propre régulièrement ratissé. Il disposait des transats où s'invitaient des touristes à la peau blanche, aux corps gras. Qui se carraient devant leur Méditerranée, accordéons de bourrelets alignés face à la mer ; le garçon les ravitaillait en cocktails frais, dans de longs verres plantés d'ombrelles en papier léger. Des glaçons clapotaient.

Il était un peu plus âgé qu'elle. Maigre, des taches de rousseur, buste large mais osseux, et une tête distributrice de sourires – même quand les commandes affluaient sous le soleil – propagés par des lèvres qui fendaient généreusement son visage, écartaient les pommettes, plissaient ses yeux noirs. Les autres ont compris avant de ranger leurs serviettes et de reprendre le train pour Tunis, avant de les regarder de loin s'échanger des morceaux de carton griffonnés. Dès qu'il l'a abordée pour lui proposer un drap de bain, comme à une cliente européenne, les amies de Charifa l'ont vue rire ; épisode inédit, jamais auparavant devant un inconnu sa suspicion n'avait faibli.

Les semaines suivantes, son temps libre pour ces amies-là a diminué. Pendant cinq cent dix-sept jours, ils ont observé avec scrupules les règles des amours entre adolescents – ne pas s'embrasser en public, ne pas se donner la main ni confesser ses émotions à un adulte, éviter les regards langoureux en présence des autres, supprimer une fois par semaine les tendres messages. Pendant les derniers mois de leur histoire, ils allaient une fois par semaine au cinéma ABC de la rue Ibn Khaldoum, choisissaient l'affiche américaine la plus navrante, s'en amusaient, et après extinction de la lumière, avec timidité d'abord, ils approchaient leurs bouches l'une de l'autre et ne les séparaient qu'aux premières lignes du générique de fin.

Meriem l'a deviné, après avoir pêché dans le tambour de la machine à laver des tickets de cinéma décolorés portant des titres de super-héros. C'est connu. Une partie du public des séances de l'après-midi partage semblable intérêt pour ces films. Sa mère affecte une position moderne, milite pour que la sexualité soit enseignée à l'école, dépose des sachets de préservatifs dans le sac de Charifa mais en dit le moins possible, se contente de réponses anatomiques ; marquée par les conséquences des avortements clandestins arrivant chaque jour aux urgences de l'hôpital. Elle la met en garde contre les désirs masculins, sans brandir d'interdictions, mais en rappelant les bienfaits du mariage pour les jeunes couples, supposant de se loger dans des habitations que personne de cet âge ne se paie.

Lui, pour se rapprocher de Charifa et du centre de Tunis, a intégré une entreprise solidaire de transport de personnes. Sur ses feuilles de paye de l'époque, il y avait écrit taxi. Peu importe, il se présentait comme ambulancier secouriste. Le patron gérait des contrats exclusifs avec des cabinets médicaux et des centres spécialisés, auxquels ses chauffeurs conduisaient des enfants handicapés, des adultes dont le fauteuil roulant dépassait du coffre, et des vieux tremblotants, tous les jours de 7 heures à 21 heures. Le soir, Charifa l'écoutait raconter ses courses avec le petit Ahmed, trisomique, ayant droit à deux séances d'enseignement par semaine. Ou avec la veuve Ridwan, qui tout le trajet fredonnait le répertoire d'Edith Piaf et rotait à la sortie des virages.

Après un dernier thé à la menthe en terrasse, à la fenêtre, face à la nuit, souvent ils se disputaient. Charifa ne voulait pas se marier, ni avoir d'enfants, du tout, encore moins lui présenter sa mère, son oncle, la famille. Dans longtemps peut-être. Quelques jours s'écoulaient, le sujet revenait, au moment de se séparer, quand il fallait prendre la direction de Ouardia pour la déposer.

Loin de là, depuis la petite ville de Dehiba, le père et la mère du garçon ignoraient l'étendue de la relation, simplement la soupçonnaient-ils à la gaieté de leur fils au téléphone, à son peu d'empressement à leur rendre visite le week-end. Il a prétexté des charges de travail harassantes, dues à son nouvel emploi. Sa vie à la capitale, si loin, les préoccupait, comme les rencontres qu'il y faisait, et les lieux de débauche susceptibles d'éveiller de répugnantes tentations. Chez ses parents, l'amour et le désir s'apparentaient à des affaires collectives, que seuls la famille et le Coran pouvaient trancher. Ils prohibaient le moindre contact avant le mariage et, si le jeune homme les interrogeait sur ces sujets, leurs réactions ne variaient pas. Adresse-toi à notre bon imam, celui du village ! Un gros monsieur aux yeux noirs, adepte du wahhabisme, formé à l'université islamique de Médine, hostile aux ordinateurs, à la musique, et d'abord aux émissions de confessions de la télé tunisienne. Celles d'Hannibal TV où on parle librement de sexe. L'horrible spectacle. Des apostats ces producteurs et ces présentateurs, des ambassadeurs du *sheitan*. Des êtres maléfiques. Irrécupérables. Tout comme leur public. De toute façon, en cas de doutes sur les vertus d'un programme, l'imam délivrait interdits et commandements par SMS.

Dans l'attente d'une intervention du saint homme, papa remémorait des listes d'actes *halal* et d'actes *haram*. Mon fils, c'est *haram* de demeurer seul dans la même pièce avec une inconnue ; *haram* d'entretenir une liaison avec une fille en dehors du mariage ; *haram* de songer la nuit dans son lit à une femme mariée ; *haram* bien sûr de tenir une fille par la main sans l'accord de ses parents ; *haram* évidemment de l'embrasser et de se frotter à elle. Et sinon ? *Haram* de lécher à genoux l'entrecuisse d'une amie au cinéma ? Ça, il ne l'a pas demandé, avant de s'accabler d'une telle audace. Je n'aurais pas dû mettre ma langue, pas si longtemps peut-être. Il faisait chaud dans ces salles de l'ABC... 35 degrés au moins, et les pales des ventilateurs du plafond ne tournaient plus depuis des années, problème de disjoncteur a rappelé l'ouvreuse.

Bien avant que Peter Parker ne se transforme en Spiderman, leurs doigts ont filé sur les bras, les joues, leurs lèvres se sont unies, séparées, ont couru dans le cou et sur la nuque, se sont rejointes, ont recommencé. Leurs caresses remontaient sous les manches, sur des épaules brûlantes, rapides à mesure que le public, plongé dans le noir, les oubliait. Il a faufilé sa main droite sous le tee-shirt de Charifa, a dégrafé le soutien-gorge, a ouvert largement la paume, l'a plaquée sur son sein chaud, enveloppé. Assis au fond près de la sortie de secours, ils ne se sont plus souciés des autres spectateurs, silhouettes découpées par l'écran, quatre rangs devant. Personne ne les dérangerait. Elle a passé la main dans ses cheveux, les a serrés, agrippés, puis a basculé sa tête vers sa poitrine, collé ce menton anguleux et mal rasé contre son buste. Elle a pressé sur l'arrière de son crâne, pour que la bouche tout entière se déploie sur son sein, l'englobe. Elle a glissé dans le siège, il est descendu davantage, a pivoté pour s'agenouiller sur la moquette, aspirer encore. Ses deux mains se sont enfouies sous ses fesses, ont convergé au-dessus de la braguette, elle s'est cambrée pour l'aider à retirer ce pantalon noir.

Son beau visage piquant, hérissé de poils courts, un instant à l'arrêt au-dessus de la culotte blanche de Charifa, a dévalé vers le haut des cuisses, sa bouche vers ses reliefs humides. Mauvais fils que je suis. Peut-être ne devrais-je pas tout boire, a-t-il songé, un instant repentant. Les injonctions parentales et les consignes de l'imam du village ont résonné dans sa conscience. Allah le miséricordieux le pardonnera-t-il lors du jugement dernier ? Et les autres salafistes, s'abstenaient-ils de tels délices ?

À chaque appel, ses parents abordaient le grand enjeu ; avant de fréquenter une jeune fille de la capitale, nous devons nous entretenir avec ses parents, il faut s'assurer que c'est une bonne musulmane, pour le bien de vos futurs enfants, et puis convenir du mariage, c'est une question d'honneur, pour bâtir un foyer tu comprends, on t'y aidera, on a des économies tu sais. Le père n'a rien ordonné, n'a pas eu besoin d'élever la voix. Même à six cents kilomètres de distance, il savait. Sans l'argent des parents, le plus humble deux pièces en banlieue de Tunis reste inaccessible aux jeunes couples. Un samedi matin, après une soirée à pleurer seule dans sa chambre, Charifa a décrété la fin des palabres. T'as rien compris, c'est à nous d'écrire notre histoire, pas aux traditions de tes parents. Autant en finir. Elle n'a pas fléchi. Les yeux rougis, oui, mais la voix résolue.

Deux semaines plus tard, un jeudi soir, veille de week-end à Tunis, il a pris un autocar pour Dehiba et a expédié en chemin un message vocal. Mélancolique, voix nouée. Elle l'a effacé après plusieurs semaines, n'en a rien dit à sa mère ou à son oncle, s'est limitée à des confidences à ses sœurs, parce que les petites l'ont surprise sanglotant dans la salle de bains. Il a fallu les rassurer, leur faire promettre de garder le secret.

À la même période chez Telemarket, Anis a veillé à respecter de salutaires distances avec sa nièce, pour faciliter son intégration, éviter les jalousies. Les autres ignorent leur lien familial, excepté le patron. Il en parlera plus tard, attend que l'efficacité et le dévouement de Charifa convainquent ses collègues du bien-fondé des responsabilités qu'il lui transmet progressivement. Les regards lointains de la jeune fille, son expression assombrie, il les a interprétés comme les réponses adaptées à l'attitude prudente recommandée. Ces précautions bientôt ne se justifieront plus. Chaque jour, ses résultats confirment son talent, personne ne remettra en cause le choix d'Anis, au moins tant que la clientèle se montrera satisfaite. Enfin, il va se consacrer à l'avenir, se dérober aux entreprises marchandes de Telemarket, œuvrer pour son quartier.

Sa nouvelle vie débute en ce moment, là, quelques mètres au-dessus des ruelles de la vieille ville. On n'est pas bien, sur le toit du café M'Rabet, aménagé en terrasse ? Le minaret de la mosquée Zitouna déploie son ombre vers une vaste tablée, préserve la clientèle des rayons de midi. Anis jubile. Les amis sont là.

Ce matin, la rédaction d'*Assabah* a consenti à retirer l'article litigieux. Me Soufiane, bravo ! Une période prometteuse s'ouvre. La commission électorale a validé les ultimes affiches de la campagne. Hosni Barma, son candidat, vedette des commerçants et des taxis de Ouardia, approche sa chaise de celle d'Anis, pour une photo. Non, plusieurs. Une trentaine d'années les sépare. Ses 70 ans le rendent moins séduisant chez les jeunes, les moins de

25 ans de la circonscription. Les sondages placent Barma en deuxième position, à deux points seulement du favori. Anis a interrogé cet électorat sur Facebook, par le biais d'un compte de complaisance, au nom d'un prétendu observatoire de la vie politique. Cette nuit, ils tourneront des vidéos dans des rues et des restaurants animés, pour moderniser l'image d'Hosni Barma, elles seront diffusées sur les réseaux la semaine prochaine. Ensuite, il écrira un script conversationnel, qu'il remettra aux militants chargés de dialoguer en ligne avec les électeurs, deux journées d'écriture suffiront, il a pris des notes, a imaginé l'architecture des *posts* et commentaires.

2

8 septembre 2014. Sur le palier du troisième étage, les tympans d'Anis repèrent un manque. Immédiat. Le niveau sonore varie des autres matins. Le brouhaha régulier, provoqué par les dizaines de téléopérateurs aux intonations maîtrisées, d'un poste de travail à l'autre, chacun soucieux de ne pas gêner son vis-à-vis, ces dizaines de murmures synchronisés, sans éclats de voix ce matin, ne jouent pas leur partition.

Pendant les semaines de travail, ce bourdonnement le tranquillise, joue une musique rassurante, garantit son confort. Aujourd'hui, un calme équivoque. Sont-ils partis ? Ça résonne comme un jour férié. Écoute : un si bémol tinte avec clarté, c'est la note de fermeture des portes de l'ascenseur, d'ordinaire étouffée.

Le plateau est à l'arrêt. La plupart des filles et des garçons croisent les bras, silencieux, à distance de leurs ordinateurs, assis sur leurs chaises à roulettes, ces dernières éloignées des bureaux, casques et micros des téléphones au repos sur les claviers. Anis approche à petits pas, les observe. Méconnaissables. Ces visages n'arborent plus des mines crâneuses. Ils fixent leur espace quotidien avec des regards d'explorateurs ahuris. Retombent en enfance.

Au milieu de la pièce s'affaire un groupe de personnes, plus âgées. Cinq hommes et une femme inspectent les tiroirs, branchent des disques durs, dévissent les colonnes des ordinateurs, étudient leurs codes. Des plaques de circuits intégrés gisent au sol. Le patron de Telemarket, livide, se tient au milieu d'eux – c'est simple, demandez-moi tout ce que vous voulez. Il prend des poses, déplace des meubles pour faciliter le passage, s'excuse du désordre. Anis a déjà assisté à pareille visite, tant pis, il les aborde. La femme prend les devants.

— Juge Maarouf, enchantée ! Vous êtes je crois le dernier que nous attendions, Anis c'est ça ?, le responsable des équipes employées ici…

— Ces messieurs dames mènent une perquisition, c'est légal ! renchérit le patron en se précipitant, accentuation mal assurée, y a pas lieu de s'alarmer veut-il ajouter, sa voix dérape dans les aigus.

— Nous agissons sous mandat du procureur de la République de Tunis, complète la juge Maarouf. On a une procédure ouverte au titre de la sécurité nationale. Nous enquêtons sur les ramifications d'un groupe criminel. Pas d'inquiétude. Personne de l'entreprise n'est visé, à ce stade. Les composants électroniques vous seront restitués. Nous ne faisons que procéder à des vérifications, plutôt banales pour ce genre de dossier.

— Banales ? Vraiment ?

Des scènes vécues autrefois défilent dans sa mémoire, l'empêchent de discuter. Anis redit les mots du magistrat. Non, les bégaie. Plutôt banales pour ce genre de dossier. Des craintes mêlées de colère le traversent. Des scénarios se bousculent. Sa candidature déposée pour le district d'Ouardia aurait encouragé un rival à lancer de fausses accusations ? Un concurrent de Telemarket essaierait de les déstabiliser, avant les appels d'offres du mois prochain ? Un magistrat en charge de la sécurité de l'État, même accompagné de policiers corrompus, n'aurait pas pris la peine de se déplacer sans de solides éléments. La raison ordonne de serrer les dents. Sous peu on expédiera un message de détresse à Me Soufiane, qui sollicitera le tribunal. Une explication viendra, chassera les angoisses, oui, il conserve notre confiance, il a toujours aidé.

Les policiers et les deux techniciens chargés d'assister la juge marchent vers le centre de la pièce, désignent un poste, l'un d'eux s'accroupit, tire des câbles, démonte la machine suspendue sous le bureau.

— Cet emplacement revient-il à l'un de vous en particulier ? questionnent-ils.

Personne ne se presse de répondre, moins par désir de protéger un collègue, davantage par peur des conséquences d'une déclaration à des services de police judiciaire, qu'il faudra éventuellement confirmer par écrit, signer.

— Charifa, l'employée s'appelle Charifa ! Quelqu'un de sérieux, articule le patron.

— Vous l'avez aperçue ce matin ? Elle est ici aujourd'hui ?

— C'est sa nièce ! rajoute-t-il tout haut, un coup de menton en direction d'Anis, qui approuve.

— On va prendre le matériel.

Une bourrasque de chuchotements parcourt la salle. Anis enfonce ses deux poings dans les poches. Ses éléments les plus fidèles baissent les yeux, s'approchent les uns des autres, échangent des mots impossibles à discerner. Pourquoi leur avoir caché cette parenté ? Quelle journée ! Charifa, que leur chef faisait mine de connaître à peine, et décrivait comme une surdouée des scripts conversationnels, bénéficiait en réalité d'une préférence familiale, un passe-droit pour accéder au poste d'assistante du directeur adjoint à 18 ans. Saloperie de népotisme, agrippé à ce pays comme un lierre à son mur. Quels secrets Anis garde-t-il ? En a-t-il dissimulé d'autres ? D'ailleurs, où se trouve Charifa, là tout de suite ?

La délégation judiciaire sort de l'immeuble, on se reverra bientôt. Dans son bureau du cinquième étage, le patron fulmine, personne ne peut entendre, Anis excepté, il campe debout pieds joints face à la tempête, voudrait le rassurer, sans apporter d'explications à la décision de la magistrate de conserver la machine de Charifa. L'empreinte électronique de l'appareil, son adresse IP, intéresse une instruction en cours. Aucun motif de redouter des prolongements plus ennuyeux. Lui aussi par le passé a été injustement accusé, quand il a involontairement livré des ordinateurs à un groupuscule de djihadistes. Les services de sécurité, rappelle Anis, mordent à titre préventif, par peur de louper un délit ou une attaque en préparation. On voit ça tous les jours. En présence de faibles soupçons, ils perquisitionnent et incriminent par défaut, dans l'attente de preuves. Cet ordinateur qu'elle manipule tous les jours ne démontre rien. Si un des nombreux salariés de Telemarket, ou ancien salarié, entretient des relations douteuses, il n'aura pas commis la maladresse de se servir de sa propre machine pour organiser son coup. Ces salauds brouillent les pistes, se dissimulent avant d'agir. Il aura subtilisé l'identifiant d'une collègue, Charifa par exemple, afin d'envoyer – sans se compromettre – des messages à ses acolytes.

Le patron s'éponge le front. Surtout pas un mot aux clients, je compte sur vous. Dans l'immédiat, il faut réunir l'ensemble des collaborateurs, reprendre l'activité, et exiger une totale discrétion au sujet des événements de la matinée, aucune relation commerciale ne doit l'apprendre. L'incident ne concerne en rien Telemarket, une dérive personnelle l'a provoqué, extérieure à l'entreprise. Bien dit.

Anis s'isole. Le téléphone de Charifa ne répond pas. Une autre explication technique, sobre, le tranquilliserait à propos de son adresse IP. Un réseau privé virtuel, utilisé par des tas de gens, auquel elle se serait connectée pour voir des films inédits en Tunisie ? Des correspondances chiffrées avec un copain plus âgé ? Il aimerait savoir mais elle reste injoignable. Et sa mère, Meriem… Absente ? Ma fille ? Comment ça ? Elle a quitté la maison tôt ce matin, avec sa petite sœur qu'elle devait déposer à l'école avant de vous rejoindre avenue Mohamed Bedra, en métro comme d'habitude. C'est pas correct ! Elle a interdiction de se comporter comme ça avec son employeur. Attends que je lui parle… Une voisine de bureau comprend l'embarras de son supérieur, perçoit sa fébrilité. Charifa l'a toujours épaulée, protégée quand elle a commencé en retard ou a souhaité bénéficier d'une heure de repos ; à son tour de la défendre. Sur la terrasse, où Anis se détend peut-être, les yeux dans le lointain, elle s'approche et allume une cigarette. À voix basse, elle confie des bribes. Sur un garçon rencontré à la plage, ses parents rétrogrades, paysans illettrés installés dans le désert, dans le sud du pays. Il pourrait être revenu ces derniers jours, vraisemblablement en profite-t-elle, sans imaginer le branle-bas de combat ici, faut se mettre à sa place monsieur, être indulgent, votre nièce n'a que 18 ans.

Au tribunal de Tunis, on les a priés de s'asseoir là, dans le couloir de la section des affaires familiales. Le greffier a enregistré leur requête, à midi environ ; et puis rien, il les a invités à patienter, on viendra vous chercher.

Bientôt 15 heures, des têtes de fonctionnaires, raie sur le côté, de magistrats droits devant, de truands et de gosses ébouriffés arpentent ce linoléum, ne ralentissent pas à leur hauteur. Les sans paroles, quand ils défilent, ne se préoccupent pas des personnages à l'arrêt. En ce moment, ces derniers se réconfortent. Si on néglige leur présence, c'est que rien de bien important n'est survenu – les optimistes, victimes des croyances d'une époque où l'importance se mesurerait en *miles* parcourus, en agitation. Anis et Meriem se font face et regardent dans des directions opposées, installés sur des bancs, attentifs aux bruits, aux phrases qui volettent par-delà les cloisons. Traite-t-on leur cas, là-derrière ? Les voilà pareils à des parents anxieux en salle d'attente, après une intervention chirurgicale, dont Meriem évite les regards, haïssable changement de rôle. Ils ne mangeront pas de la journée, n'y songent même pas.

Charifa n'est jamais reparue depuis cette matinée chez Telemarket, il y a trois jours et neuf heures. Évanouie. Son téléphone a été découvert dans sa chambre, sous son oreiller, sans un mot d'explication. Aucun de ses proches ne l'a vue ou n'a reçu de message. Ses amis inquiets appellent sa mère plusieurs fois par jour. Ils aimeraient savoir. Avant de disparaître, Charifa a accompagné la plus jeune de ses sœurs devant l'école, l'enfant se rappelle un long câlin, serré fort. Des collègues de Meriem ont conseillé d'alerter les services familiaux du tribunal.

Au bout de ce couloir, au-delà de la fenêtre, Anis devine des carrefours et des stations de métro, le parc du Belvédère avec cet air sec comme aujourd'hui, les allées près du lac, à l'ombre des oliviers et des eucalyptus. Autrefois, Charifa et lui se baladaient sur ces chemins. Il la retrouvait deux fois par semaine à partir de ses 12 ans, le soir ou tôt le matin, pour des marches discussions, avec défense de répondre à ton téléphone tonton, c'est impoli sinon ; promis, voilà je l'éteins. Il y a si longtemps.

Leur père avait disparu. Meriem était accaparée par les sœurs cadettes de Charifa, la dernière de quatre mois, celle du milieu âgée de 3 ans, et les heures à l'hôpital public que les chefs de service modifiaient tous les trimestres. Charifa se questionnait, raisonnait. Elle a d'abord dénoncé des injustices, a bâti des démonstrations pour pardonner à son père ce départ, cette fuite. Elle a sollicité les adultes autour d'elle, les a tenus pour responsables de l'état du monde, du bazar dans lequel un papa s'était égaré. Au lycée, son professeur principal a conseillé d'offrir davantage d'attention à cette enfant de 15 ans, intelligente mais en colère. Un proche devrait tisser un dialogue avec elle, a-t-il suggéré. Anis vivait seul, il essayait de soulager Meriem.

Les samedis, les lundis et les mercredis après-midi ont été consacrés à sa nièce, dont la curiosité – photons chargés d'énergie – bondissait d'une matière à l'autre, les éclairait alternativement. Dis tonton, les films de Louis Malle adorés par maman, c'est parce qu'il n'y a ni bon ni méchant ? Juste des hommes et des femmes pleins de vie et de problèmes ? Un peu comme nous ici, tu ne crois pas ? Et la France où t'es allé tonton, pourquoi y a-t-il des filles qui y grandissent sans croire en Dieu, mais pas tellement ici ? Et les jeunes princes saoudiens qui s'arrêtent parfois en vacances, pourquoi ils n'auront jamais besoin d'aller à l'école ni de travailler ? Papa les insultait en voiture, on rigolait. Et mes copines du lycée Pierre Mendès-France de Tunis, nées à Paris, c'est vrai qu'elles s'amusent davantage, tu as déjà été invité dans leurs villas de Carthage ? Elles ont des piscines énormes. Et à propos du Printemps arabe, pourquoi on a eu un dictateur chez nous, avant ?

Son père, avant de partir, lui avait conté l'indépendance tunisienne, d'un ton enthousiaste d'abord, puis fataliste, s'agaçant des décisions ayant porté au pouvoir Ben Ali, qui enfermait les islamistes pour plaire aux Occidentaux et réservait à son clan les contrats les plus juteux. Anis n'a détruit aucune de ses certitudes. Pas directement. Il acquiesçait de la tête, se retenait de démentir, et, après un moment, s'interrogeait à voix haute, feignait d'ignorer les réponses, installait des débats. Citait et critiquait les théories de Marx, le nationalisme arabe de Michel Alfaq et l'islam politique des salafistes du Golfe.

Un après-midi, sur un banc où ils savouraient un cornet citron, elle a décrété vouloir connaître l'histoire nationale. Ses enseignants ne l'abordaient que sous forme de résumés conciliants, pour ne froisser aucune famille. Charifa a exigé des détails. Dans son sac à dos, Anis a apporté des livres. Ils ont feuilleté la vie politique tunisienne, depuis la fin de l'époque coloniale et l'arrivée de Bourguiba jusqu'à nos jours. Elle a sondé chaque événement et l'a consulté sur les bouleversements internationaux ; sur la guerre en Irak et ses belligérants, sur les Américains, des cancres en géographie dont l'aviation bombarde régulièrement des coins de planète. Mais le jour d'après, c'est le conflit en Libye qui l'a tourmentée, à quelques centaines de kilomètres des stations balnéaires qu'apprécient les Français en vacances – séjours *all inclusive*.

— Madame, Monsieur ? Par ici. On va vous recevoir, suivez-moi.

Anis et Meriem pressent le pas, derrière un fonctionnaire du tribunal. Le type descend un escalier, en gravit deux autres, freine quand il tapote des messages sur son téléphone, accélère. Derrière lui, ils traversent une cour, s'engagent dans un autre bâtiment. Meriem avise les pancartes à l'entrée des bureaux, depuis une cinquantaine de mètres les titres et les spécialités changent, ceux-là ne dépendent plus du service des affaires familiales de la juridiction de Tunis où leur requête a été déposée. Tu as vu Anis, y a des soldats vêtus de noir et armés dans l'embrasure des portes. L'inconnu s'arrête net, ouvre l'une d'elles. À l'intérieur, une femme et trois hommes interrompent leur conversation.

— Je suis la juge Maarouf, vous devez être la maman de Charifa, asseyez-vous je vous en prie.

— Bonjour Madame.

— Et vous aussi Monsieur, prenez ce siège, nous nous connaissons, on s'est vus chez Telemarket il y a quelques jours, n'est-ce pas ?

La magistrate articule, marque des pauses dans ses phrases et sourit. Cette audience en précédera d'autres, elle le sait, les premières minutes avec ces mères déterminent la suite de la procédure. Il s'agit de soigner cette entame, plusieurs mois de dialogues lui succéderont.

— Prenez un verre d'eau. Madame, je suis obligée de vous annoncer… Enfin. De vous montrer quelque chose.

Sur le bureau de la juge Maarouf, l'écran de l'ordinateur pivote, elle le présente face à Meriem, appuie sur la touche « espace ». Une vidéo débute. Charifa ! Regarde-la, Anis… Elle est en vie et a bonne mine, on avait tort de s'inquiéter !

Dans une pièce aux murs bleus, Charifa est attablée, ses yeux brillent, un voile noir couvre ses cheveux, l'image tremble un peu.

« Bonjour à tous. Par la grâce d'Allah, c'est pour moi un grand bonheur, je suis arrivée sur les terres du Califat, l'État de l'islam pur. Merci au Tout-Puissant de m'avoir donné la force et de m'avoir guidée. Gloire à ses défenseurs, que je suis venue servir dans la joie et l'obéissance absolue. Je suis heureuse de m'adresser à vous, mes frères et sœurs de Tunis, après le long voyage que j'ai effectué vers mon nouveau pays. Une place vous attend, si comme moi vous n'acceptez plus de vivre dans une société marchande, où règnent le mal, le mensonge, et les commerçants sans âme. Si comme moi vous avez décidé de vous battre. »

— C'est quoi ça ? Pourquoi l'obliger à raconter de tels trucs ? grimace Meriem.

— Ça ne vous dit rien ? Vous n'étiez pas au courant ?

— Au courant de quoi ?

— Les services antiterroristes du gouvernement ont empêché une large diffusion de cette vidéo. On a pris cette habitude. On est un peu débordés depuis la proclamation de cette organisation, l'État islamique. Pour cette raison, ses proches ou ses amis ne l'ont pas vue. Charifa a atteint le territoire irakien et a prêté allégeance. Y a deux jours, elle a posté ce message de quatre minutes. Les relevés techniques montrent que ça vient d'un serveur installé à Fallujah, c'est dans la banlieue de Bagdad. Voilà. Elle y justifie son engagement aux côtés de Daech et invite les gens qui l'aiment à l'imiter.

— Quel jour va-t-elle revenir ? reprend Meriem, la force de l'évidence dans la voix.

— Charifa fait l'objet d'un mandat d'arrêt et sera poursuivie, pour simple complicité à ce jour. Souvent, avec les filles, ça ne va pas plus loin. Elles ne combattent pas. Nous avons hélas des centaines de jeunes dans cette situation. Nous sommes déjà parvenus à en récupérer quelques dizaines, des filles radicalisées. Pour ça, nous avons besoin de votre aide.

— Mais sinon, que deviennent les autres, celles qui ne rentrent pas ?

— La plupart des filles qui rebroussent chemin n'ont pas participé à des crimes. Il y a une surveillance, bien sûr. En général on les assigne à résidence et des policiers les interrogent une à deux fois par mois. Peu à peu, elles retrouvent une vie normale.

— Que deviennent les autres, celles qui ne rentrent pas ? répète Meriem, sans élever la voix.

— Nous allons procéder à vos deux auditions, ordonne la juge. Vous Monsieur ! Vous avez finalement le plus côtoyé Charifa ces derniers mois, après l'avoir embauchée au sein de votre entreprise. Exact ? Et en veillant à lui assurer une rapide progression, comme plusieurs de ses collègues l'ont rapporté… nommée assistante du directeur adjoint, à 18 ans ! Une société dans laquelle vous gérez à l'occasion la sécurité informatique, n'est-ce pas ? J'ai vu que vous êtes resté deux ans dans une école d'ingénierie en sûreté des réseaux, en France, avant d'y renoncer pour des études en psychologie sociale.

— C'est vrai.

— Comment imaginer que votre propre nièce ait utilisé le réseau de l'entreprise pour passer des communications chiffrées avec deux centres de Daech en Irak ?

À aucun moment vous ne vous en êtes aperçu ? La géolocalisation de sa vidéo, téléchargée en Irak, coïncide avec les serveurs de Daech qu'elle contactait quand elle était votre assistante chez Telemarket…

Meriem n'y croit pas. Rien dans les discours de sa fille, dans son comportement et ses colères n'annonce cette histoire, ne prédit l'image de son enfant, habillée de noir, lançant des bravades depuis l'Irak. Dans son esprit, débute le tournage d'un film burlesque, avec pour décor ce bureau du tribunal aux parois verdâtres, parcourues de bibliothèques en contreplaqué, aux étagères arquées sous la masse des dossiers. Un diplôme de droit jauni a été accroché au mur, dans le dos de la magistrate. Un subordonné se courbe devant un clavier, deux policiers en bras de chemise allument leur cigarette. L'un d'eux empeste la sueur. Lequel ? Plus près, sur un guéridon de marbre, l'air chaud a flétri des sachets de thé essorés, près d'une bouilloire souillée d'éclaboussures. Elle ne s'y résout pas. En silence, elle s'amuse d'une discussion qu'elle aura avec Charifa, aussitôt cette comédie achevée.

Mais les tragédies se moquent des dénis. Contente ou pas, le coup de poing dans l'estomac est déjà parti. Pas d'autres solutions. Faut l'endurer. Il cabossera d'abord, ensuite mettra en pièces, quand les maigres espoirs s'évanouiront. Les pires problèmes d'autrefois paraîtront des plaisanteries, mais la douleur trop vive défendra d'en éprouver des regrets. Le passé et le futur pulvérisés. Sur la ligne du temps, un infini chagrin se répandra, une authentique tristesse de vivre. Ce moment approche, où disparaîtront les désirs, où finiront les intentions. Lorsqu'il n'y aura plus rien à faire. Juste à flotter. Sa gravité terrestre à jamais perdue.

Les sourcils d'Anis, contractés, ne bougent pas, pareils aux deux rides creusées sur son front, solidifiées depuis son entrée dans la pièce, et les premiers mots de la juge. Le visage de Meriem oblique vers son frère, elle se ravise, elle ne lui connaissait pas cette expression. Lui a compris. A mesuré la catastrophe. Ça y est, Meriem s'invite dans la réalité. Essaie de se lever. Non, impossible. Une adolescente partie s'enrôler aux côtés des islamistes sanguinaires toque à sa porte. Bienvenue ! Aujourd'hui, le fait divers c'est toi. Une affaire banale, entendue à la télé ou commentée chez des copines, avale sa propre vie en un centième de seconde, poussière minuscule gobée par l'aspirateur. C'est ma fille dont on parle ? Sans mise en garde.

— Charifa est une enfant comme les autres, bredouille maman, bouche pâteuse, presque ordinaire vous savez ! Peut-être mélancolique, révoltée, beaucoup de jeunes filles le sont aussi ! Mais normale quoi.

— Normale… c'est ce que me disent tous les parents, Madame. Mais votre fille n'est pas, exclusivement, « normale ». Pardon ! C'est un peu réducteur vous ne trouvez pas ? Passionnée de politique également, pourriez-vous ajouter pour la présenter ? Enfin, si l'on en croit le contenu des messages qu'elle a écrits pendant cinq mois à l'un de ses comparses en Irak. Et désireuse de se sentir utile. Car les premiers contacts remontent au dernier semestre, selon les relevés de son adresse IP. Vous aviez une idée de ses fréquentations ? Il y a souvent un mentor, quelqu'un qui influence. Les recruteurs ne manquent pas d'habileté, comme ceux des sectes, ils maîtrisent l'art de convaincre.

Revoici l'ordinateur portable des enquêteurs, passé tout à l'heure entre les mains d'un policier. Meriem a loupé des épisodes, ces mères ignorent tant d'intrigues ; elle mériterait de découvrir la série dans son intégralité, tous les épisodes d'un coup. L'écran reprend position face à elle. La juge sélectionne un fichier d'images réquisitionné par la police. Ça commence. Défilent à vitesse rapide des extraits de vidéosurveillance, capturés par des caméras fixées dans des ruelles, à l'entrée des centres commerciaux, près des salles de prière, aux lampadaires des boulevards. On ralentit le film, pour repérer l'entrée, les coursives puis les quais de Manouba, la gare centrale de Tunis. La magistrate appuie sur « pause », son crayon pointe une silhouette, évidemment, Charifa, sa démarche, ses vêtements. La vidéo redémarre, au ralenti cette fois, on la suit, d'une caméra à l'autre, changement de lumière, l'angle rapetisse. Elle disparaît dans l'unique toilette pour femmes. L'horodateur, incrusté sur l'image, continue sa course. Une dizaine de minutes s'écoulent. Et Charifa ressort en niqab et abaya, revêtue de noir de la tête aux pieds. Seul un rectangle ajoure ses yeux. À la main, elle porte le même sac.

Meriem hésite. Finalement, ce verre d'eau déposé en début d'entretien, elle l'avale d'un trait. Anis tend le bras, veut envelopper son épaule. Sans réaction. La juge

Maarouf n'a pas terminé. Elle ferme l'écran et reprend l'interrogatoire.

— Monsieur, vous avez été sous le coup d'une procédure judiciaire pour complicité de terrorisme durant un an et demi.

— Et complètement innocenté ! Je ne vois pas le rapport avec la disparition de Charifa…

— Innocenté, c'est vrai, faute d'éléments matériels.

— Innocenté quand même !

— Ce n'est pas parce que les preuves sont introuvables qu'il n'y a pas de coupables…

— Ah oui, c'est vrai ! Avec les gens comme vous, y a des coupables partout.

— Restons sur les faits, Monsieur. Par exemple, lorsque votre nièce s'est rendue ce jour-là dans les toilettes de la gare pour se changer, c'était il y a trois mois, un mardi matin à 10 h 45. Ensuite, d'autres caméras ont enregistré ses déplacements, jusqu'à une salle de prière salafiste qu'affectionnent des extrémistes. Mais elle aurait dû être à son poste chez Telemarket à cette heure ce jour-là, non ? Vous étiez obligatoirement informé de ces absences, vous les couvriez ?

— Pas du tout ! s'enflamme Anis. Je ne vérifie pas ses emplois du temps heure par heure. Je lui répète juste d'être irréprochable dans son boulot !

— Monsieur, lors d'une réunion publique organisée pour les prochaines élections législatives, vous avez déclaré que vous compreniez les gens qui rallient Daech. Vous pouvez détailler ?

— C'est n'importe quoi ! J'ai affirmé que je comprenais les raisons de certains jeunes. Ça ne signifie pas que je recommande de les imiter ! On discutait des adolescents en Tunisie. De leur absence d'avenir. On imaginait des raisons à ces dérives ; pourquoi un nombre élevé de moins de 25 ans adhèrent à cette organisation ? Ils ont grandi dans la patrie du printemps du Jasmin, pas vrai ? Pourquoi ils sont si nombreux à être attirés ?

— Votre nièce a profité d'une filière d'acheminement vers l'Irak. Vous êtes un proche parent… Vous allez rester à la disposition de la justice pour quelque temps, nous nous reverrons vite.

11 octobre. Un mois s'est écoulé depuis son départ en Irak. La juge et les policiers n'ont pas donné de nouvelles. Chez Telemarket, à tour de rôle, on arrose une bouture d'olivier posée sur le bureau de Charifa, branche minuscule, quinze centimètres de terre dans un récipient métallique. Personne ne la remplace. Un collègue a finalement visionné son message vidéo, sur un forum islamiste. Certains chuchotent qu'ils soupçonnaient quelque chose. Une rumeur décrit une jeune fille ressemblante, un jour, près d'une salle de prière à la mauvaise réputation. Les unités antiterroristes y ont déjà effectué des descentes, mon cousin m'en a parlé, il appartient au ministère de l'Intérieur. La plupart voudraient l'aider, à distance, discuter avec elle. Ils écrivent des messages sur les comptes sociaux de Charifa, promettent que personne ne critiquera son aventure, proposent de lui expédier des

médicaments – on manque de tout là-bas, dit la télé –, espèrent son retour, attendent un signe. Anis, lui, circule encore deux fois par jour entre les rangées, le long des box, on le voit souvent fléchir la tête. Il contourne le poste de Charifa, s'efforce de ne pas l'inclure dans son champ de vision.

Aujourd'hui, les voisins de Ouardia ont laissé sur la table de la cuisine une pastèque, un kilo d'oranges et des pâtisseries, après avoir gardé les deux petites. Tonton Anis a préparé leur dîner. Meriem les couche, les rassure. Ce jeudi, quarante-deuxième jour sans Charifa. Elle voyage dans cette région lointaine sans transmettre de nouvelles, la polissonne, mais on ne la grondera pas, elle a eu envie de partir n'importe où, ça arrive quand on est grande. On imagine qu'elle enverra un message la semaine prochaine. Pour l'anniversaire de maman. Ce serait gentil d'y penser, non ?

Anis s'écroule dans le canapé du salon. Hagard. Assommé. Son téléphone à hauteur des yeux, il relit les trois derniers courriels. Maître Soufiane s'alarme des accusations parues dans la presse quelques heures plus tôt – comment avez-vous pu vous compromettre ? Il réclame des instructions, pour agir, concevoir une riposte. Dans le deuxième courriel, Hosni Barma le prie de le retrouver demain matin à 8 heures. C'est pour le bien de notre projet commun, dit le député, vous devez comprendre, nos opposants s'en régalent déjà, oui la politique est cruelle. Sa participation à la campagne doit être reconsidérée.

Enfin, le patron de Telemarket lui a écrit, il marche sur une corniche, au bord d'un précipice, et serre avec fermeté une ligne de vie. Le nom de la société ne doit jamais être cité, vous me l'avez promis, sinon, il espère qu'Anis rédigera toujours de bons scripts conversationnels.

Tout à l'heure, en fin d'après-midi, *Assabah* a publié un article à propos d'un nouveau dossier terroriste. Nos révélations, en exclusivité ; la justice enquête sur un expert en marketing et en psychologie sociale, Anis X., déjà inquiété dans une précédente procédure. « Cet as de la manipulation échapperait depuis des années aux policiers, nous confie un proche. » « Une jeune fille prometteuse qui aurait travaillé à ses côtés, formée au Lycée français de Tunis, a rejoint depuis peu les redoutables bataillons de l'État islamique en Irak. » Les auteurs citent des sources anonymes au sein du tribunal ; des extraits de procès-verbaux de sa dernière audition sont recopiés. Il y a une photo de lui, en évidence, occupant le haut de la page d'accueil, prise il y a trois ans lors d'une conférence ensoleillée, en plein air. Un rictus courbe ses traits en une grimace hostile. Au-dessous, le titre : « Un recruteur de Daech infiltré dans les quartiers d'affaires ». Son nom est écrit une dizaine de fois, à aucun moment celui de l'entreprise. Et le journal a remis en ligne l'ancien article, pour vanter les prémonitions de ses génies de l'information.

Meriem ferme la chambre des petites et s'assied sur une chaise, face à lui. Elle expire. De noirs cernes assombrissent son regard. Elle ne dort plus, tombe épuisée quelques heures au petit matin. Chaque nuit, elle part à la recherche de Charifa sur son ordinateur, épie sur Internet les djihadistes tunisiens. Surveille leurs comptes sociaux. Épluche les communiqués, décortique les vidéos. Elle a appris le nom de leurs régiments, sait qu'on les range là-bas par langue maternelle et par nationalité. Connaît les districts de Mossoul, de Fallujah, de Ramadi où résident les jeunes guerrières originaires d'Afrique du Nord. Aucun détail n'évoque Charifa ou une fille arrivée de Tunis. La juge l'a incitée à se jeter dans ce travail. À l'informer du moindre détail. Elle souffle encore, droite devant son frère.

— Tout ça, Anis, c'est de ta faute ! J'ai besoin de te le dire. Il faut que tu l'entendes ! Pas entièrement, bien sûr. Mais de ta faute néanmoins. Jamais je n'aurais dû te laisser t'occuper d'elle aussi longtemps.

— Comment ça ?

— Déjà à la maison, tu parvenais à convaincre grand-mère et les parents de n'importe quoi. Toutes ces années de discussions politiques que tu as eues avec ma fille, après le départ de son père, sur la révolution, l'idéal égalitaire, tu ne vois pas que c'est à l'origine de son engagement ?

— Non… désolé !

— Mais réécoute sa vidéo ! Et surtout relis ses messages postés sur Facebook ou ailleurs ces derniers mois. Je l'ai fait. Vas-y. C'est sur l'ordi dans sa chambre. Sa haine d'une société injuste. La trahison de l'Europe, l'esprit des Lumières bon pour les Français mais qui serait inaccessible aux autres. L'urgence de ne plus écouter les adultes qui travaillent, de ne pas tenir compte de leurs recommandations ni de leurs craintes. La nécessité de puiser dans nos propres ressources, dans notre culture pour changer le monde. Lis, lis-la, ce sont tes mots à chaque fois ! Ta façon de parler. Quand je consulte un de ses textes, je crois entendre ta voix dans une phrase sur deux. Regarde ce que tu as fabriqué !

— Mais je n'ai jamais voulu ça !

— Comme toujours ! Tu t'es donné le joli rôle, tu as vanté ta belle conscience, sans réfléchir à tes actes, tes paroles, à leur retentissement chez une adolescente. Quelle folle j'ai été ! C'était sous mes yeux, je n'ai rien deviné.

— Tu mélanges tout…

— M'en fous. Je te demande juste un service. Sors de nos vies. Maintenant.

3

3 janvier 2015. À l'ouest de Bagdad, autour du carrefour près de la mosquée El Jebar, Baker a évité l'accident. Dans une embardée, le scooter a glissé sur une étendue huileuse. Il l'a pressenti, a bien réagi. Dans la capitale irakienne, la quantité de déchets qui tapissent les rues augmente avec le petit matin.

Une odeur âcre s'élève de la chaussée. Le service de ramassage des poubelles ne fonctionne plus depuis des années, sauf dans la zone verte où les Américains résident. Ailleurs, restes de repas, cartons d'emballage, couches pour bébés usagées, boîtes de conserves et leurs écoulements, rigoles d'huiles de cuisson, d'urine. Ces immondices, passées au rouleau des embouteillages monstres puis éparpillées vers les bas-côtés pendant le jour, s'unissent après minuit.

Les rats adorent. Pour y dîner, ils s'éloignent de leurs souterrains creusés à deux cents mètres de là ; qu'importe si l'absence de feux rouges dans la capitale irakienne rend ces pique-niques périlleux. À tout prendre : crever en gastronome, guillotiné au dessert, dans l'antique cité mésopotamienne, ne vaut-il pas mieux qu'une mort bien propre, dans une maison de retraite européenne, faux plafonds, spots polaires, meubles Ikea et parfum d'ammoniaque ? Oui, certains sont surpris dans leur festin.

Tel celui sur lequel la roue de Baker vient de rebondir, avant de zigzaguer sur une flaque de graisse où flotte l'un de ses congénères, dodu et scalpé de la veille. Pour maintenir la trajectoire, il a pesé de tout son poids sur le guidon, en suspension sur les repose-pieds. Surtout ne pas freiner et remettre les gaz. Dans cette ville où le nombre de morts violentes bat des records, ces pièges au sol et les voitures à tombeau ouvert représentent, selon lui, l'unique danger. L'optimisme de l'enfance au milieu du chaos. Mais à 5 h 30 du matin, qui songerait à arrêter un gamin de 13 ans sur un deux-roues bidouillé ? Et à fouiller sous son blouson ?

Ses chefs l'encouragent. C'est bien, Baker, beau boulot, on peut compter sur toi, on l'a toujours su. Le petit Baker s'acquitte de sa tâche à la perfection, accepte les risques. Sa connaissance de l'itinéraire ne cesse de s'améliorer, lui permettant d'en diminuer la durée, grâce à des raccourcis, pour éviter les rues défoncées où on ralentit trop. Il aime ses missions et ceux qui les ordonnent. Ils savent de quoi ils parlent, ils promettent qu'il exercera plus tard de hautes fonctions au service du Califat, s'il atteint un jour ses 17 ans.

Évidemment, se réveiller en pleine nuit à 3 heures ne le réjouit pas. Il faut arrimer un bidon d'essence sur le porte-bagages, pour servir de réserve, et se rendre au point de rendez-vous, derrière l'aéroport de Bagdad. Il a peur, seul dans le noir sur cette route dépourvue d'éclairage public. Après deux heures de trajet, il doit guetter au coin de la zone aéroportuaire l'arrivée d'un jet privé en provenance de Sharjah, aux Émirats arabes unis, toujours la même immatriculation sur la carlingue. L'avion s'immobilise en bout de piste, un homme descend, traverse le tarmac et, par un trou dans le grillage, lui confie une enveloppe. Elle contient des cartes de crédit et des passeports dérobés plus tôt dans les hôtels de Dubaï, de préférence à des Américains, à cause du décalage horaire. Les voleurs sélectionnent des bandes d'amis réunis autour de bouteilles d'alcool, pour célébrer un retour dans un pays paradis, une promotion, des dividendes. Ceux-là possèdent des comptes bien garnis. Quand seront débitées sur Internet leurs Visa ou leurs American Express, ils dégriseront à peine, chez eux les banques n'auront pas ouvert.

Baker coince le pli dans son pantalon, contre sa peau au niveau du nombril, remonte jusqu'au menton la fermeture éclair. Après c'est facile, le jour se lève, le voyage en sens inverse paraît plus court. Les monticules d'ordures dans les rues se remarquent mieux. Une fois le bidon d'essence vidé dans le réservoir, la mobylette allégée autorise des pointes à 70 km/h.

Dernière ligne droite, il discerne les abords de Fallujah, le fief des grandes familles de Daech, des tribus sunnites favorables au Califat. Bientôt la maison, sois tranquille bonhomme. Reste un ultime obstacle, ce barrage tenu par l'ennemi, les troupes gouvernementales, sur la route numéro 10, quand on accède à Fallujah par la banlieue nord-ouest de la capitale.

À son approche, les forces de sécurité du ministère de l'Intérieur ne se méfient pas, confiantes dans leur automitrailleuse et leurs fusils en bandoulière, les dégourdies, derrière ces rangées de sacs de sable, à l'abri des chicanes de béton dressées sur la quatre voies. Salut petit ! Les gars de faction lui sourient, en général deux fois par semaine, lorsqu'il revient du centre de Bagdad où il a dormi chez son grand-père, s'est-il justifié lors de son premier contrôle.

Quand il n'assure pas de transports, avec ses copains, bons élèves, ils se cachent pour photographier ces *checkpoints* sur les principaux axes, noter les rotations des unités, les plaques d'immatriculation des véhicules qui déposent les soldats pour éviter, lors des livraisons, de croiser les mêmes à l'aller et au retour.

Il est passé au ralenti, sans examen ni interrogatoire. Maintenant la rue Samara, tourner deux fois à droite, il faut décélérer dans cette courbe, vérifier dans le rétroviseur l'absence de voitures et braquer à gauche, tout de suite. Sur le côté, une barrière rouge et blanche coupe une ruelle qui s'enfonce vers un groupe d'immeubles, en retrait de la rue. Des miliciens en surveillent l'accès, à l'arrière d'un pick-up garé de travers, un drapeau de Daesh est étendu sur le capot. Juchés sur ce promontoire, ils se balancent avachis sur des chaises en plastique, kalachnikovs aux pieds, talkie-walkie autour du cou, inspectent les alentours avec leurs jumelles. Ils achèvent un tour de garde de six heures. Dans le matin encore tranquille, ils ont repéré le bruit de la cylindrée, l'un d'eux aboie au type dans le cabanon. Lève la barre, Moustafa, que le gosse stationne au fond du parking, et dis-lui de pas traîner !

Baker enjambe les marches de l'escalier, s'efforce de retenir une expression de victoire. Les adultes s'échinent bien, eux, à mettre en scène leur modestie. Il essaie. Mais non, à quoi bon forcer son visage à être impassible ? Radieux, il se dirige vers le deuxième étage du bâtiment, traverse le plateau, joues gonflées de fierté, les yeux plissés, blouson ouvert, avec à sa main l'enveloppe remise tout à l'heure. Les autres lèvent le pouce, lui tapent sur l'épaule. Vite, l'adjoint de l'émir, où est-il ? Il faut qu'il vienne ! Voici l'adjoint. Il accourt, avise le précieux pli, soulève un chapeau imaginaire dans la direction du gamin.

— Baker, tu es l'honneur des guerriers du *djihad* ! Je te félicite, mon garçon. Tu vas manger et te reposer, tu l'as bien mérité, lance-t-il à vingt mètres. On se revoit ce soir.

L'adjoint, aucun doute, c'est lui. Ce corps droit à l'autre bout de la pièce, c'est Anis. Une barbe poivre et sel de plusieurs semaines se propage vers ses tempes, borde les lèvres, masque le menton. Sa silhouette amaigrie flotte dans un treillis et un tee-shirt noirs. Mais quiconque l'aura côtoyé chez Telemarket l'automne dernier reconnaîtra à l'instant sa démarche, ce balancement. Il a quitté Tunis il y a presque trois mois, a démissionné en silence, sans une lettre, sans prévenir, comme Charifa plus tôt avant lui.

Écoute-le. Entends ces variations. Un autre tempo rythme ses paroles – discontinu, enjoué peut-être. Fini les réflexions et les sentences prononcées sur un ton égal et ironique, cette petite musique des ambitieux qu'il interprétait là-bas ; à propos des erreurs des hommes politiques tunisiens, des espoirs déçus des printemps arabes, des médiocres attentes de ses clients français, sans jamais hausser la voix, ni inviter à la discussion. Là, son phrasé se précipite, le volume augmente, il questionne, escompte des réponses. Comme en ce moment. Ce sont les ordres mes frères, y a pas une seconde à perdre je crois. Faut pas traîner.

Les moudjahidines se rapprochent d'Anis : la Deuxième brigade de propagande et de recrutement de Daech au complet, dans sa base opérationnelle de la province de l'Anbar. Une quinzaine de frimousses sorties de l'adolescence s'éloignent des écrans, convergent vers lui. Ils interrompent la publication des vidéos et des communiqués du jour. Les sites, les comptes Twitter et Telegram attendront ; afin que les milliers d'abonnés qui les *likent*, à Toulouse, Bruxelles ou Tanger, ne manquent rien malgré les changements d'adresse, au gré des blocages et des cyberattaques de la coalition, en dépit de la surveillance policière. Toute une matière première à exploiter. Des discours et une audience. Des scripts conversationnels et un public.

Oui, la guerre de l'information se mène depuis ces pupitres-là, des IBM et des Packard Bell du début des années 2000, avec leur ventilation brinquebalante, leurs claviers aux touches hétéroclites, remplacées vaille que vaille, d'où partent des mots tendres et des promesses ; tu mérites mieux que ça mon frère, depuis tout petit à l'école on te juge, pas vrai ? Une société meilleure se bâtit, l'égalité et la fraternité c'est ici, on est tous pareils devant Dieu.

On déchire l'enveloppe de Baker, le butin se répand sur la grande table. Douze cartes bancaires, pas mal, des passeports avec des noms identiques à ceux inscrits sur trois des cartes, suffisant pour la semaine. Allez, au boulot ! Bientôt, les propriétaires déclareront le vol de ces pièces. De sa position, en surplomb, l'émir observe le spectacle de cette troupe obéissante. Les paroles de son adjoint, Anis, mettent en branle de savants engrenages, mécanique précieuse, que le commandement suprême ordonne de préserver. Les sites Internet et les réseaux sociaux de la Deuxième brigade de propagande remplissent une fonction essentielle, débrouillez-vous pour qu'ils soient résilients et furtifs !

Un jeune homme saisit trois cartes et, devant son écran, achète un hébergement web crypté sur Cloudflare, avec serveur en Amérique – on ne les y cherchera pas. Pensez à vous connecter avec vos clés numériques TAILS, avant d'ouvrir votre navigateur TOR, prévient l'émir. En ce moment, elles seules dissimulent notre localisation, notre adresse IP. Pas question de les égarer. Attention, les erreurs de procédure seront sanctionnées ! La dernière a permis à l'ennemi de localiser une base et de la détruire en moins de trois heures. Pour dissuader les étourdis : une seule règle ; chaque oubli est un crime, chaque crime est puni. L'émir apprécie l'usage des températures élevées pour châtier les auteurs de négligences, l'inconscient ayant oublié sa clé TAILS. En bas, au milieu de la cour, on attache le fautif à plat ventre sur une poutre ; on enfonce une chaussette dans sa bouche que l'on colle avec de l'adhésif. Le chef convoque tout le monde. Descendez ! C'est un ordre. Les membres de la brigade forment un cercle, n'osent pas regarder la vedette du spectacle. Approchez-vous ! On laisse s'impatienter, réfléchir. Puis l'émir fend l'attroupement, les mains chargées d'un plat fumant. Sur les reins et les omoplates du condamné, il déverse une casserole d'huile bouillante. Il insiste sur la quantité, 60 centilitres, pas moins, l'huile de cuisson fait l'affaire. Le type rugit dans son bâillon, ses yeux exorbités implorent. On assiste en silence. La peau brûlée se fendille, le liquide gras pénètre, s'infiltre dans la chair, qui prend des allures de lave mouvante. Des cloques se forment, grossissent, parfois jusqu'à quatre centimètres de hauteur, certaines éclatent. Le coupable s'évanouit. Le travail reprend.

Anis additionne à haute voix ; avec ces comptes sur Cloudflare la brigade entretiendra un supplément de six serveurs rebonds, indispensables en cas de coups durs pour assurer la continuité des sites. La coalition en moyenne en supprime deux par semaine. C'est conforme aux objectifs, ça maintient l'avance, prévoit-il, un œil sur l'horloge suspendue au mur. L'émir acquiesce d'un regard. Bientôt, à New York, les banques débuteront une nouvelle journée.

— Vous deux là, pointe Anis, prenez trois autres cartes de crédit pour ouvrir des espaces de stockage chiffrés sur des serveurs allemands ou suédois. Uniquement pour les archives, bien compris ? Vous enregistrez les quatre derniers mois de propagande, les vidéos, les magazines en ligne et les communiqués, d'accord ?

C'est pas un peu trop ? interroge un subalterne. L'émir a entendu, il s'agace, réprime un sourire, s'interdit de montrer de l'ironie. Il rencontre des problèmes de ressources humaines, des soucis de dirigeant, surtout avec ses deux moudjahidines d'origine irakienne. Le système scolaire n'a jamais été redressé après les périodes d'embargo et de guerre, les garçons nés en Irak après les années quatre-vingt-dix n'ont reçu qu'un enseignement religieux et des rudiments d'arithmétique. Ils manquent de repères, de capacités d'abstraction, disent les psychologues – l'un de ces spécialistes exerçait ici à Fallujah, derrière le souk, avant la proclamation du Califat. Certains ne parviennent pas à anticiper les tâches qu'ils auront à effectuer le lendemain, même après six mois d'expérience. Par chance, les étrangers forment le gros des effectifs.

— Non ce ne sera pas trop, reprend Anis, debout bras croisés au milieu de la pièce, tour de contrôle des manœuvres en cours. Un ordinateur, un disque dur externe et un djihadiste seront toujours des cibles en Irak, les avions ennemis peuvent nous éliminer. Rappelez-vous ! Leurs bombes à guidage laser ne servent à rien contre les données discrètement planquées, à l'aide de faux comptes, sur des machines de leur propre pays. Vous les imaginez pulvériser les *data centers* installés dans des campagnes allemandes ? Réfléchissez !

Anis attrape deux autres cartes et des passeports dérobés. Sur son portable, il ouvre des abonnements, sélectionne des offres de connexion à Internet par satellite, les plus larges, les plus coûteuses, chez des opérateurs turcs et saoudiens. Il amasse des dizaines d'heures de crédit de communication, valables dans tout le Moyen-Orient. La matière première virtuelle de l'industrie de la propagande, la voilà. Grâce à elle, la brigade anime et met à jour une vingtaine de sites web, des profils Twitter et Telegram. Avec prudence, on redoute les filatures électroniques. Sur les murs de béton du plateau, Anis a inscrit au marqueur les consignes d'utilisation, en une note de service visée par l'émir. Règle numéro un : toujours posséder trois comptes de secours chez des fournisseurs d'Internet par satellite ; sur chacun d'eux, disposer de soixante-douze heures de communication. Règle numéro deux : résilier chaque identifiant après quatre jours de fonctionnement. Quatre jours, 96 heures. En cas de dépassement, le code du travail s'applique : la cour, dos nu, 60 centilitres d'huile chauffée à la friteuse.

Devant leurs écrans, les téléopérateurs reprennent la diffusion des vidéos et des messages. Anis circule entre les tables, on l'écoute, on obtempère. Ils sont âgés de 23 ans environ, et l'émir qui gouverne leur vie le présente comme son assistant, expert en psychologie sociale, un conseiller de talent originaire de Tunis, formé aux meilleures techniques de propagande, qui a renoncé à un poste de député suppléant pour s'engager ici, à nos côtés. Un gars envoyé par Allah le tout-puissant. Lequel, souvent, leur paraît moins redoutable que les supplices infligés aux désobéissants.

4

Un mois et demi plus tôt, le 17 novembre 2014, vers 8 h 40. Avant de rallier le groupe de Fallujah, Anis a été interrogé par le contre-espionnage de Daech, une dizaine de jours, dans une ferme près de Ramadi, pour vérifier, évaluer la sincérité de son allégeance. Les articles d'*Assabah* à Tunis le dépeignent comme un islamiste introduit dans les milieux d'affaires – soit, encourageant – mais les gars de Ramadi se sont méfiés de ce quadragénaire éduqué qui renonce à un poste enviable en Tunisie. En général c'est l'inverse. Les candidats manquent de l'essentiel, de considération, de boulot ou d'instruction. Tant d'agences de renseignements infiltrent des espions en Irak. Dans les villages frontaliers, ils s'en présentent autant que d'honnêtes bougres décidés à crever un coran à la main. Une centaine d'heures d'audition ont été nécessaires, avant de l'expédier 40 km plus loin, ici chez Saleh, l'émir de la Deuxième brigade de propagande. Il exigeait depuis longtemps un collaborateur senior, un pro des scripts conversationnels, du recrutement en ligne. Un type pour le seconder.

Le terrain où loge cette légion s'étend sur un hectare. Un rempart de parpaings de trois mètres de hauteur le ceinture, mur édifié à la hâte, courbé par endroits, surmonté de caméras de vidéosurveillance et hérissé de barbelés. C'est drôle, ces fils de fer, entre leurs griffes, retiennent des dizaines de sachets d'emballage roses ou bleus. Les gens de la ville se foutent de les jeter dans des poubelles en revenant des courses. Les sacs en plastique s'envolent jusque vers ces sommets, où les épines de métal les capturent, avant que les vents ne les gonflent. Bouffées d'air coloré, barbes à papa en apesanteur, un ballet aérien aux portes de l'enfer. Anis le scrute, ce matin avant d'entrer. La police religieuse de Ramadi vient de le déposer et l'a prévenu ; une fois à l'intérieur, hors de question de sortir sans autorisation écrite de l'émir.

Après la barrière gardée par deux miliciens, il emprunte à pied comme tout le monde ce corridor d'une centaine de mètres, encombré de trois autobus désossés, placés dans le sens de la largeur, évidés, sans moteur, ni roues ni sièges, posés sur des tronçons de bois. Des cars Berliet des années soixante-dix, recyclés en Irak après une décennie d'usage dans les transports en commun en France, l'un d'eux porte une plaque de la municipalité de Grenoble. Au fond, le dernier de ces squelettes de véhicule, plus long que les autres, bloque la voie et oblige pour progresser à frôler une structure de chair et de métal, la cage du supplicié. Un cube de barreaux métalliques, de deux mètres de côté. À l'intérieur, doigts scellés aux montants, gueule béante, salue un macchabée, intégralement carbonisé dans sa prison de ferraille. Un traître, reconnu coupable d'avoir permis à l'ennemi de localiser une base grâce à un traceur, implanté sur un ordinateur lors d'une connexion à l'un de ces faux sites de djihadistes créés par les Américains, pour échanger des communications avec leurs espions et leurs recrues. Brûlé vif dans sa cage l'infiltré, bien fait pour ta gueule, verdict du tribunal islamique. On s'en est félicité dans la ville, le procès a duré moins longtemps que la combustion. Irréprochable celle-ci. Des soudures de plomb, en fondant, se sont amalgamées aux fins cartilages de la main, aux petits os entre le pouce et l'index, fusionnés avec sa geôle. À quelques centimètres de la carcasse, Anis détourne la tête. Les voici, les terres accueillantes de Daech, les douces contrées des purs parmi les purs. Sois le bienvenu ! a dit la cage.

Au-delà, derrière un tas de planches de bois, s'ouvre une zone artisanale, les locaux de l'imprimerie Akram, une cinquantaine de personnes y étaient employées avant guerre. Le soir, pour se délasser, les moudjahidines en font le tour en vingt minutes, en prenant le temps. Il y a un hangar pour les rouleaux de papier, des annexes réservées au stockage et deux immeubles de bureaux, de deux niveaux chacun, avec de hautes fenêtres aux armatures d'aluminium.

La première de ces constructions abrite l'Académie militaire des enfants du Califat pour la province de l'Anbar. Des orphelins y ont été placés, une vingtaine, comme Baker, âgés de 6 à 15 ans, avec leurs instructeurs des services de sécurité ; ils sont arrivés les premiers, il y a un an. Ils dorment dans des dortoirs, de part et d'autre d'un couloir. Au fond, une porte ouvre sur un studio avec lavabo – la chambre attribuée à Anis.

Après un parking et trois quatre oliviers qui se ratatinent, se dresse le deuxième bâtiment. Là battait le cœur de l'imprimerie ; des coups saccadés, du matin au soir, sortis du ventre de la rotative qui s'affairait, une Goss Harris de 1986. Au rez-de-chaussée, ses tentacules s'étalent toujours sur des dizaines de mètres carrés ; endormi mais pas démembré, l'animal somnole, prêt à repartir, à encrer une histoire.

Anis prendra ses fonctions à l'étage. La Deuxième brigade de propagande et de recrutement de Daech s'y déploie, décision du quartier général, consécutive au bombardement de l'ancienne installation, plus au nord. Les murs et le sol, entièrement mis à nu, ressemblent à ceux d'un chantier en cours, d'où les ouvriers auraient disparu le temps d'un casse-croûte. Les lames de parquet ont été arrachées pour s'assurer qu'aucun matériel d'espionnage n'aura été dissimulé. À la place, un mikado de câbles serpente, il en ondule partout, en bas en haut, sur chaque paroi. On peut marcher dessus ? Le plus gros de ces fils capte l'énergie nécessaire dans les sous-sols d'une boulangerie industrielle, près d'ici, avant de remonter des caves et de se ramifier, de raccorder ordinateurs, lumières, multiprises et climatiseurs. Le soir, aux heures où s'interrompent les cuisines, l'émir éteint la plupart des appareils, d'abord ceux réservés au montage vidéo, voraces, afin que le niveau de consommation dans les environs reste compatible avec les heures de fonctionnement des fours où gonflent les pains et les gâteaux, de l'autre côté de la rue Samara. Il faut faire attention. Les services de sécurité irakiens du gouvernement chiite épient sans relâche cette ville ennemie, bastion sunnite. La moindre donnée tactique y est épluchée. Des pervers ! s'agace le chef. Ils embauchent d'anciens instituteurs pour analyser, chaque jour, les volumes d'eau courante et d'électricité dépensés par pâtés de maisons, dans l'espoir que cette arithmétique révèle des caches, une fabrique artisanale de munitions, ou, pourquoi pas, la planque des services de propagande.

Les bureaux, postes de combat de la brigade, s'étendent sur deux cents mètres carrés. C'est un long rectangle avec une hauteur sous plafond de cathédrale, achevé par des baies vitrées en arc de cercle. Dans un coin au fond s'élève un escalier en colimaçon qui dessert la pièce de l'émir, en surplomb ; des parois de verre l'isolent. De ce promontoire, il domine deux lignes de postes de travail, de neuf tables chacune. Le chef y convoque des réunions, trace des plans au feutre avec des mouvements nerveux, sur un tableau blanc vite effacé, adresse des ordres, à l'abri des parois transparentes. Film muet vu d'en bas, où on s'agite, où on pianote sans trop oser lever la tête. Vrai ; l'architecture de Telemarket n'offrait pas une telle perspective. Anis y montera dans quelques heures, les mains humides, le dos peut-être voûté.

En dessous, des débutants mi-craintifs mi-exaltés se réjouissent de servir fidèlement la cause. Ils viennent de France, de Belgique, d'Arabie saoudite, du Koweit, de

Tunisie, d'Irak et même de Chine, un Ouïgour, spécialiste en sécurité des réseaux. Soumis à une hiérarchie, heureux d'obéir, de suivre les consignes, quatorze heures par jour, dans une pénombre permanente, assis face à des planches de guingois – posées sur des tréteaux – qui débordent d'ordinateurs, de portables, de grands écrans, de tablettes, de disques durs.

Ça clignote, ça ventile. Ils susurrent des mots techniques, s'échangent des informations. Ou s'ils coordonnent une campagne avec plusieurs brigades, ils pivotent vers le pan de mur peint en noir, derrière eux. Là, l'organigramme des sites et des comptes des autres unités en charge de la communication ou du recrutement sur les territoires de l'État islamique est mis à jour, à la craie blanche. Il y a les adresses URL amies, utilisées par l'agence Amaq à Raqqa en Syrie, celles du fil d'actualité Nashir News. Si un djihadiste hésite dans la rédaction d'une réponse à un candidat au martyr, il se lève et compulse les classeurs de l'armoire centrale, remplis de scripts, de dialogues, avant de se courber à nouveau devant son clavier. Sur les étagères tout autour, sont alignés des boîtes à outils, prêtes à servir, pour réparer soi-même, ne dépendre de personne, quelques fers à souder, une quinzaine de microprocesseurs dans un baril de lessive, une vingtaine de cartes mères Raspberry Pi dans un carton, et, dans un jerrican d'essence scié en deux, des pelotes de fil électrique.

Un manque de clarté protège la fourmilière ; le jour et la nuit se confondent. Toutes les ouvertures ont été obstruées pour motif de sécurité. Seuls se propagent çà et là de puissants rais de soleil, grâce aux trous percés naguère par des balles de mitrailleuses dans les plaques d'acier des fenêtres, lors de l'assaut d'un autre immeuble, plus loin, avant que ces protections métalliques ne soient décrochées et rivées ici, pour se prémunir des drones et de leurs yeux. La lumière emprunte ces orifices que les munitions de gros calibre ont forés. La trajectoire des rayons suit leurs lignes. Le soleil dans un rôle de boule à facettes.

L'un de ces traits éclaire un panneau de liège fixé au mur. Les photos de six visages y sont épinglées, agrandis au format A4, avec des notices de présentation, comme ces posters collés dans les commissariats, pour mémoriser les physionomies. Six filles. Certaines rigolent, d'autres exhibent une gueule revêche. Elles connaissent le site de Fallujah et ont été autorisées à en sortir, pour contribuer à une opération de propagande à Mossoul, ou épauler des frères ailleurs sur le front. Mes talons d'Achille, les surnomme Saleh, il n'était pas d'accord avec leurs mutations. Chacune pourrait localiser l'imprimerie sur une carte. Si l'état-major avertit de l'arrestation de l'une d'elles, la brigade évacuera les lieux en moins de deux heures. C'est la règle, à cause de l'efficacité des séances de torture des milices chiites, auxquelles sont parfois remis les prisonniers. On ne prend pas de risques. Une base de repli de l'autre côté de la ville est équipée, en prévision.

Le bureau choisi pour Anis est orienté face à cette galerie de portraits. Il les regarde, s'immobilise. D'en haut, l'émir observe. Une seule tête le captive. Une fille, le minois déterminé, œil volontaire, mâchoire tendue. Une tête qui provoque l'objectif, le toise. C'est Charifa, notre Charifa, passée par ici, en adolescente résolue, risque-tout. Elle sourit. Un vêtement noir couvre son buste et un hidjab blanc enveloppe ses cheveux et son cou. Menton relevé, dents serrées, le jour du cliché elle campe face au photographe, mais de haut. Regarde-t-elle l'appareil ? Ses pupilles obliquent de quelques degrés vers la droite, évitent l'alignement avec le boîtier.

Ici, Charifa a recruté des Européennes, elle maîtrise les techniques et a fréquenté au Lycée français de Tunis le genre de cibles qui intéressent. Sa formation a été succincte. Explique-t-on à une telle fille que l'enrôlement ne s'improvise pas ? Que c'est une science, où émotions et profils psychologiques se combinent en équations ? Comme pour vendre des contrats de téléphonie mobile, des abonnements à des chaînes de télé, en moins difficile. Là au moins, les clients prennent l'initiative de nous contacter, au gré de leur navigation, pas besoin de les déranger au téléphone. Personne ne refuse de nous parler, a-t-elle remarqué. Ça a impressionné Saleh, la première fois qu'il a entendu Charifa conseiller les autres filles. L'essentiel consiste à déchiffrer des angoisses, à cultiver des frustrations, à façonner des désirs de révolte. Ne néglige jamais une rancœur, fais-la croître, laisse mijoter, jusqu'au moment de servir, d'adresser un message d'amour, de considérer l'autre tel un frère ou une sœur. Inspirez-vous de Charifa, vous autres ! Les scripts conversationnels, c'est sa langue maternelle.

À cette période, les six filles dormaient et travaillaient au rez-de-chaussée ; dans un local éloigné des garçons. Les deux sexes se savaient là mais ne se voyaient jamais. Leurs hormones flottaient dans le même enclos, circulaient entre les murs, vapeur lourde de rêves ondulant la nuit entre les dortoirs. Les jeunes guerriers du *djihad* en ligne se souviennent, le soir devant des brochettes de mouton, lorsque la présence des filles ajoutait un supplément d'énergie dans leurs circuits. Tu crois qu'elles reviendront, qu'on aura le droit de discuter ensemble ? L'émir n'apprécie pas que l'état-major le prive de ces ressources, Charifa et ses collègues, dépêchées ailleurs, entre Mossoul et Deir ez-Zor.

Un peu plus tard ce 17 novembre 2014, à 15 h 30… Pour leur première rencontre, l'émir accueille Anis sur la mezzanine. Debout, dos droit, près du bureau de l'ancien patron de l'imprimerie. Le maître des lieux ressemble aux Irakiens de son rang, les notables des clans Halabsa, personnalités influentes au sein de la confédération tribale des Al-Dulaimi. Ils ont exercé de hautes responsabilités ces quatre dernières décennies, depuis l'arrivée au pouvoir de Saddam Hussein et jusqu'à ces années, où chiites et sunnites s'entre-tuent ; tandis que, dans les mêmes rues où ils se massacrent, Américains, Français, Anglais et Russes lâchent des bombes ou dépêchent des commandos au nom de leur guerre contre le terrorisme.

Saleh tend la main le premier.

— Sois le bienvenu. Ils t'ont gardé deux mois à Ramadi et tu as été torturé. C'est la règle. Il fallait qu'on soit sûr.

Anis, souffle court, hésite, et finalement le dévisage. Il a retiré le bandage autour de sa main gauche. Des croûtes épaisses couvrent l'extrémité de ses doigts.

— Si je peux me permettre, émir... Regardez. Ils m'ont arraché trois ongles. Découpés au cutter et déracinés à la clé anglaise. Et après, je suis resté enterré jusqu'au cou... Pendant vingt-quatre heures. Avec des gens qui roulaient à moto et faisaient des dérapages autour de moi. Je m'attendais à davantage de reconnaissance.

— Te plains pas. Tu es plus âgé que bien des gens qui nous rejoignent. Plus cultivé aussi. Tes compétences représentent un intérêt évident. Et un réel danger si t'es pas fiable. Nous contrôlons tout le monde !

Anis approuve d'un hochement, timide. Décontenancé par la sérénité de l'autre. Tremblant encore. Privé de la force de s'asseoir sur la chaise, là-devant, à trente centimètres, ni de se mouvoir autrement. Il n'est pas préparé à une telle entrevue. Les lieux présageaient d'y rencontrer un chef à la tronche rôtie et austère, un de ces professionnels des guérillas islamistes, stoïques, l'œil vitreux. Pas à être exposé au regard de cet homme raffiné, 58 ans, peu en harmonie avec ce repaire de Fallujah. L'idée qu'il s'en faisait. Comme cette chemise kaki de Saleh, amidonnée, repassage impeccable, deux plis dans le haut du dos, recta ; son pantalon de la même couleur ; des chaussettes en fil d'Écosse assorties ;

une ceinture en toile ; des boots noires cirées. Avec cette allure et ses manières de *gentleman* oriental, on le croirait sorti d'une publicité des années quatre-vingt à la télévision tunisienne pour une marque de voitures, écrite et filmée par une agence londonienne mandatée pour séduire les parties lointaines de la Méditerranée. Un comédien d'âge mûr, main posée sur le capot, dents blanches, teint hâlé, scrute le spectateur. Pareil à Saleh ; dont les muscles autour de la bouche, les pommettes, économes de leurs mouvements, s'électrifient pour charmer, envoûter. Seuls deux iris noirs se déplacent les premières secondes de l'entretien, des billes joueuses et rien d'autre. Puis ses yeux s'écarquillent, éperonnent les rides, de loin en loin, jusqu'aux sillons les plus hauts, sur le front, réveillant le pourtour de ses cheveux bruns plaqués vers l'arrière. Avant que la parole jointe à l'expression ne soulève sa barbe grise – discrètement taillée, harmonieuse. C'est le premier homme sans djellaba ni treillis avec lequel parle Anis depuis son arrivée en Irak. Il s'approche d'un mètre, hume une eau de Cologne ambrée, mélange de tabac et de musc en provenance de ses joues. Saleh consent à ne plus les raser le temps de la guerre, mais les asperge d'*after-shave*. Des tolérances, réservées aux personnalités de son envergure, affranchies du code imposé au djihadiste ordinaire, au gueux issu de nulle part.

— Je sais convaincre, c'est mon métier, affirme Anis, la voix placée dans les graves, pour la contenance.

— Ouais… J'me doute ! Nous aussi ! On a pas mal développé cette spécialité. Disons qu'on se débrouille. Quoi d'autre ?

Derrière Saleh, une armoire vert bouteille s'étire le long du mur, où autrefois le directeur de l'imprimerie empilait carnets de commandes et bons de livraisons. Dans les rayons du bas, des pellicules de poussière masquent les années et les références des dossiers. Plus haut, des livres propres, avec des titres en anglais, s'alignent au niveau des yeux. Le chef de la brigade a disposé ici sa bibliothèque. Anis les reconnaît, des classiques pour un auteur de scripts conversationnels, un guerrier de la persuasion. Là, c'est l'ouvrage du professeur Kim Witte sur le maniement de la peur pour communiquer avec les foules ; à côté, celui de Lazarus et Averill sur l'usage opérationnel des émotions ; plus loin, ceux d'Alice Eagly sur les théories cognitives de la suggestion ; au bout ce sont des exemplaires de *The Journal of Social Psychology*, l'indispensable.

— Ça paraît t'étonner ? ronronne Saleh.

— Quoi donc, émir ?

— Qu'est-ce que tu crois ? On ne sait pas lire ? C'est vrai, nous n'avons pas les ressources et le savoir-faire pour une armée de l'air ou des satellites militaires. Donc on investit dans l'armée cérébrale ! Moins chère, mon ami. Moins chère. Et pour les pièces de rechange on n'est pas dépendants de l'étranger. On a juste besoin d'une adresse postale près de la frontière, coté Arabie Saoudite, pour se faire livrer des bouquins par Amazon. Dis-moi, pourquoi tu veux mettre tes compétences à la disposition de ma brigade ?

— Vous devez connaître mon histoire… Je l'ai détaillée aux gars de Ramadi. J'ai longtemps créé des scripts conversationnels pour les Occidentaux… Ils appellent ça du marketing, mais c'est comme votre propagande. Pas de différence.

— Oui ! À Tunis où tu étais très bien payé. Directeur adjoint. C'est pas tous les jours que des profils comme le tien sont attirés dans un coin comme le nôtre.

— J'suis comme les autres. J'ai placé mes espoirs dans les printemps arabes, dans les promesses de cette époque. J'ai pensé que des choses allaient changer. J'peux plus continuer sans agir. Fini !

— En Tunisie, tu rendais service à des frères d'armes. J'ai entendu que tu t'apprêtais aussi à t'engager en politique. Tu avais un avenir.

— Peut-être… Parfois les jeunes nous ouvrent les yeux ! Nous rappellent l'essentiel. Ma nièce, qui a travaillé aussi chez Telemarket, m'a montré où est ma place. C'était mon meilleur élément… Elle m'a bousculé. Quand j'ai vu sa vidéo j'ai compris ! Elle s'appelle Charifa… Elle est venue ici.

— Je sais tout ça. Un talent exceptionnel ta nièce ! C'est important la famille, je comprends ça.

Saleh brandit une photographie noir et blanc, souvenir d'enfant gardé contre son cœur, dans la poche de sa chemise. Jette un œil. T'as vu, c'était beau chez nous non ?

Elle a été prise rue Rasheed, l'artère des magasins de luxe, autrefois, quand Bagdad brillait. « 1958 » est inscrit en bas à droite. Anis la saisit des deux mains, avec précaution. Au premier plan, une dame, la trentaine, robe cintrée à mi-genoux, collier de perles, un foulard sur l'arrière de ses cheveux, soulève dans ses bras un bébé endimanché, hilare ; Saleh, l'année de ses 2 ans. Derrière eux, dans une perspective formée par un grand-angle, les colonnes et les arcades d'un cinéma se présentent de trois quarts ; à leurs pieds, le long du trottoir, les carrosseries de Lancia et de Mercedes en stationnement scintillent.

— C'était peu après le coup d'État des officiers libres. Mes parents y croyaient. Comme la plupart des clans et des tribus de l'Anbar. De nouvelles idées se répandaient. Le nationalisme arabe de Michel Aflak, défini dans les années quarante… Ça faisait fureur. Il lançait des promesses inédites. Fédérer les peuples musulmans de l'Orient et y nationaliser toutes les compagnies pétrolières, pour que nous conquérions notre autonomie. Le vieux rêve.

Les pupilles d'Anis se sont rétractées, à ce nom – Michel Aflak. Son esprit a bondi vers des rues de Paris un soir pluvieux, vers des bars, des ambiances enfumées, un visage de femme. Et d'abord une conférence organisée par d'anciens élèves de Michel Aflak, réfugiés en France où leur maître était mort des années plus tôt, en 1989. Anis y avait assisté grâce à cette amie en troisième année d'anthropologie. Elle étudiait les populations berbères du XIXe siècle, et se moquait. Tu ne connais rien aux idéalistes du Proche-Orient, que raconteras-tu de tes études parisiennes de retour à Tunis ? Des aventures d'algorithmes ? Il y aurait tant d'autres choses à dire, sur les Français, leurs penseurs, sur Foucault et Bourdieu, et sur les intellectuels arabes formés ici. Dans la mémoire d'Anis, des panoramas de la salle de réunion se sont enchaînés, avec ces Tunisiens en cravate qui regrettaient de ne pas avoir changé l'Histoire, cette amie qui prenait des notes dans un coin. Des plans resserrés leur ont succédé. Des vues sur des taches de rousseur, une jupe grise, une culotte tendue entre chevilles et escarpins, des zones blanches et rebondies, un chemisier ivoire ouvert aux trois quarts. Après la fin des débats, après les verres de vin la nuit dans des cafés, elle l'avait entraîné derrière une porte cochère, l'avait empoigné pour guider ses doigts, orienter leur mouvement et leur rythme, les aiguiller sur la surface de sa peau. Adossée contre un mur dans le noir, elle l'avait pressé contre elle, introduit une main dans son caleçon, l'avait saisi pour le caresser avant de le libérer ; elle s'était retournée et cambrée, sans jamais lâcher, jusqu'à le plonger en elle.

— Aflak, c'était une belle aventure, renchérit Saleh.

— Oui, je dirais ça aussi.

— Les gens n'étaient pas prêts ! Trop fiers de leur culture de Bédouins. Faut une religion simple et qu'ils redoutent pour les gouverner, faut les soumettre, sont pas assez éduqués pour le reste. Mon père et ma mère méprisaient les monarchies du Golfe. Qui ont cédé leurs sous-sols aux multinationales du pétrole, c'est vrai, mais leur salafisme a du bon. Ils ont la paix. Leurs seuls opposants, ce sont des imams et des djihadistes qui aspirent à toujours plus de foi, d'obéissance et de terres de conquêtes. C'est pas beau !

— Bien sûr, vous avez raison, émir.

— De toute façon, Michel Aflak, les Américains n'en voulaient pas, c'était plié. Tout a basculé en 1968, quand

Saddam Hussein, le plus tordu des cadres du Baas, est devenu vice-président. T'étais pas encore né. Tout le monde y a cru au début. J'ai intégré l'École de police de Bagdad plus tard, à 16 ans, pour servir l'État et la famille, comme mes parents. Et puis cette interminable guerre contre l'Iran a tout changé… Huit années de combats contre les chiites de Téhéran, pour plaire à Washington et aux Européens ! J'ai fait ma carrière à la DGS, les services de renseignement intérieur, sans me poser de questions. Je commandais le département d'interception et de contre-ingérence politique pour la moitié sud. On traquait les ennemis du régime, les salopards à la solde de Téhéran et plus tard de la CIA ou du Mossad. Crois-moi, on en a charcuté quelques-uns.

— Je l'ai vu sur des blogs publiés par des chroniqueurs de Bagdad. Vous avez fait ça jusqu'à l'invasion des Américains en 2003 ?

— Non ! Ils racontent n'importe quoi. Ces blogs sont écrits par des types payés par des chiites, des lobbyistes de Moqtada al-Sadr. En 2003, j'étais pharmacien depuis longtemps, déjà parti de la DGS. C'était devenu mon métier avant l'arrivée des États-Unis, avant tout ce bazar. Et j'ai hâte de m'y consacrer à nouveau.

C'est souvent pareil. Quand Saleh narre son odyssée irakienne, il en retire des passages entiers pour une version rassurante, en accord avec les aléas du pays. Gommé, son réseau d'agents de renseignement qui demeure actif, composé d'anciens indics de la DGS, rémunérés grâce au commerce du médicament. Effacé, son statut de principale fortune de Fallujah, mise au service de sa carrière politique. Trente et une, c'est le nombre de pharmacies qu'il possède, magasins prospères dans l'Irak d'aujourd'hui, aux services d'urgence défaillants, où, à mesure que l'on s'écharpe, la pénicilline, les antihémorragiques et la morphine dessinent de jolies courbes de profits.

Sinon, Saleh ne questionne pas vraiment Anis. Il enregistre chacun de ses rictus, les contractions de sa poitrine au fil des sujets. Des relevés techniques pour plus tard. Pour l'heure, il faut rassurer cet adjoint, instaurer un climat de confiance, pour le renifler, débusquer des secrets dans ses silences, le pénétrer, anticiper jusqu'où il sera utile, par souci du travail bien fait. Les mouvements des mains et du plexus livrent tant d'indices lorsque la vigilance diminue. Par exemple, quand on écoute les souvenirs d'un chef irakien devant une de ses photos de famille ; ce n'est pas Saleh l'année de ses 2 ans sur ce cliché qu'il conserve, sorte de porte-bonheur, il l'a ramassé parmi les effets personnels de son premier torturé, une tradition dans les services. Le montrer, c'est provoquer l'instant où l'âme de l'autre se dévêtit. Ça adoucit la boîte crânienne, ça l'ouvre. Sa texture et ses plis se devinent.

5

13 février 2015. En ce moment, une douzaine de garçons assument seuls les missions de la brigade, au cours de journées de quatorze heures de travail – dix pour les opérations, quatre pour la formation. Saleh insiste auprès de son adjoint, ses soldats doivent être interchangeables. Tu es responsable Anis. Alors, il ressasse à la troupe : observe ton vis-à-vis, partage tes compétences. Si une attaque nous décime, si ton voisin crève, tu le remplaceras, et vice versa. On n'est pas immortels !

Les plus expérimentés enseignent aux novices à recruter sur les réseaux sociaux des candidats au *djihad*. Saleh imagine les scripts nécessaires, Anis rédige. Il grimpe dans son bureau les lui montrer, note les critiques, corrige les erreurs, amende sa copie. Veille à la bonne mise en œuvre. Vous devez avant tout vérifier le profil de la cible, et après seulement choisir le dialogue approprié. Privilégiez des êtres convaincus d'avoir été trahis depuis l'enfance, à tort ou à raison des victimes de la société, du racisme, de leurs parents, ou des gens honteux, rongés par la culpabilité, des homosexuels dans des familles musulmanes traditionnelles… Peu importe ce qu'ils ont vécu. Vous devez montrer de la solidarité avec leur mal-être. Quand vous en identifiez un, compatissez, et aimez-le, choyez-le. Annihilez chez lui tout espoir d'amélioration à l'endroit où il habite, incitez-le à la méfiance à l'égard de son environnement, persuadez-le de la responsabilité de ses proches, empirez les choses, faites-en un paranoïaque.

La phase de réenchantement débute alors, la deuxième partie du script : les convaincre qu'un rôle les attend, progressivement les préparer à une destinée glorieuse, la revanche des malheureux, signée et tamponnée par un dieu protecteur. Enfin, lorsque les intérêts l'exigent, il reste à promettre des billets coupe-file pour le paradis, si les totaux de craintes, de tristesses et d'espérances s'égalisent. Un boulot de précision, à adapter, au gré des événements. D'ailleurs, Anis voudrait comprendre, depuis le mois dernier et l'attaque contre *Charlie Hebdo* en France, le commandement réclame que les futures recrues européennes soient conditionnées en fonction de leurs papiers d'identité. C'est nouveau. Il faut prévoir des scripts à option, selon les noms qu'ils portent.

— Pourquoi, émir ?

— Simple. Les porteurs de prénoms et de patronymes européens, les Kevin, Thomas, Matthieu, sont incités à se battre sur les territoires conquis en Syrie et en Irak, pour inquiéter les États d'où ils arrivent. Donc on les attire ici. Les autres, avec des noms musulmans, les Mohamed,

Brahim, Younes, sont encouragés à commettre des actions suicides en Europe, pour les tensions communautaires. Leurs patronymes répétés dans les médias déstabilisent plus sûrement que des communiqués de guerre.

Saleh pense et prévoit, enjoint et régente. Anis écrit des modes d'emploi. Aux yeux de la piétaille, de l'infanterie, ces deux-là incarnent une hiérarchie impeccable, au nom de la victoire du Califat. Un général et son colonel discipliné, un stratège et son tacticien, unis par le même agenda.

30 mars 2015. L'Asr s'est achevée, la quatrième prière de la journée. Les moudjahidines se rassoient à leur poste. Un messager se précipite à travers la salle, la soixantaine, accoutré en gardien de chèvres, un courrier de l'état-major à la main. Saleh le lit.

— Stop ! gueule-t-il, debout dans les escaliers de la mezzanine.

Anis sursaute devant son écran, enregistre le fichier d'un script en cours de rédaction.

— On nous ordonne de retoucher les procédures destinées aux Français, reprend l'émir. Réunion dans trois minutes.

Les supérieurs exigent un durcissement des opérations contre Paris. Dans leur bunker, quelque part plus au nord, les dirigeants de l'organisation ont analysé les tableaux de la brigade, ses scores. Des actionnaires décortiquent des bilans sous Excel, avec pourcentages et marges de progression en gras. La culture du chiffre ici aussi commande. Ils critiquent les délais entre l'hameçonnage sur Internet, et, au terme de la manipulation, l'accomplissement d'une attaque tangible. Entre les deux phases l'intervalle de temps augmente, calculent-ils, désormais il excède cinq mois.

— Et cinq mois c'est beaucoup ? se risque Anis.

— C'est peu pour un travail de qualité, ironise Saleh.

De nos jours, le moindre galonné conteste, revoit les échéances. Injuste, déraisonnable, estiment en silence les francophones de la brigade, ces griefs les visent. On soupire dans les rangs, on désapprouve. Avec réserve. Saleh exècre plus encore les protestations que les consignes idiotes. Chef, la partie se complique depuis les attentats contre *Charlie Hebdo* à Paris et le musée du Bardo à Tunis. Une proportion grandissante de comptes sur les réseaux sociaux dissimule des policiers ou des espions. D'autres s'introduisent dans le pays, troquent des informations avec les milices chiites ou les services irakiens. Il faut multiplier les vérifications. Et tandis que le métier se corse, que les cycles d'abondance se raréfient, des supérieurs à Raqqa et à Mossoul assignent des buts irréalistes. Pas sérieux.

— Anis, au boulot !

Il s'agit d'examiner les scripts en cours d'utilisation afin d'y déceler un candidat, de quoi apaiser le commandement. L'essentiel consiste à dénicher une recrue pour une action à accomplir en France, pour les amadouer. Les autres s'adressent des regards. Pas de panique ! En réalité on l'a, un tel profil existe. Lila_93, la cible d'origine française la plus avancée dans le processus. Quoi ? Ce pseudo n'apparaît dans aucun listing. Qui s'en occupe ? s'inquiète Anis. Quel référent entretient le contact, prépare la suite ?

Un fichier est transféré sur sa machine ; les messages de Lila_93 y sont répertoriés. Le dernier remonte à plus de deux mois. Après quatre-vingt-seize échanges, personne n'a continué. Pourquoi ? Une fille de la brigade la suivait. La relation avec Lila_93 a été suspendue après que le personnel féminin a été muté sur le front. Il faut lire cette correspondance. Sa recruteuse évoque sa vie au Lycée français de Tunis, se plaint des mœurs que les filles de l'établissement ont là-bas. Des dévergondées. Charifa a traité cette jeune femme. Elle raille les enfants d'expatriés, des Européens envoûtés par la société de consommation et les marchands du temple. Dans leur correspondance, Lila_93 approuve, s'enflamme. Dans son lycée de Bretagne, à Lorient, elle dénonce les mêmes dérives. Préfère s'isoler. Tu as raison, évite-les, ne te mélange pas, et garde pour toi tes critiques, ne leur dis rien, même à tes parents, va vers Dieu en secret. Est-il nécessaire d'obtenir une autorisation pour prier, croire en lui ? Anis reconnaît ces répliques, extraites du sixième dialogue de la troisième arborescence d'un script rédigé par Saleh, pour les filles d'Europe. Tu es assez grande pour t'en remettre à Allah, tu ne crois pas ? Tu n'as plus besoin de papa maman. D'ailleurs, interroge-toi : pourquoi tes parents t'ont-ils inscrite dans cette école, si choquante ? Quelles sont leurs priorités ? Eux non plus ne voient-ils pas cette absence de morale ? Ils t'aiment, oui ; mais te comprennent-ils ? Ce sont deux choses différentes. Et s'ils ne te comprennent pas, comment sauraient-ils choisir ce qui est bon pour toi ?

Aucune faute. Les messages respectent la trame prévue pour la phase de mise en confiance, de rupture avec la famille. Leurs courriers remplissent une quinzaine de pages. Charifa a fait le plus dur, chef ! insistent les autres, à propos de Lila_93. Y a plus qu'à l'activer. Notre sœur, que Dieu la protège, a franchi avec succès les étapes fixées par l'émir. Hameçonnage et endoctrinement. Reste à lui ordonner d'agir. Je m'en charge, impose Anis, je vais rétablir le dialogue avec Lila_93.

Il parcourt à nouveau ces lignes. Les derniers mots connus de Charifa s'égrainent là, dans ce fichier, en un enchaînement réglementaire, scolaire. S'illustrent la qualité de sa nièce à s'acquitter de ses devoirs, son penchant à observer les consignes, comme chez Telemarket. Il voudrait savoir. Même révoltées et en exil, les filles demeurent-elles toujours disciplinées ? Et Charifa ? Y croit-elle vraiment ? Fait-elle semblant ?

23 heures, dans les dortoirs la troupe s'endort. Pas Anis, seul dans sa chambre. Derrière les remparts, le brouhaha de la ville diminue. Ça y est ; le concert des grillons démarre, bande originale de ces nuits de Fallujah, les stridulations s'élèvent des cours et des parkings de l'imprimerie. À mesure que l'obscurité progresse, le cricri chaloupé réduit au silence les habitants, le tintamarre de ces vies de l'autre côté de la rue. Les

bestioles triomphent, musellent les commentaires des quelques télévisions autorisées à fonctionner. Leurs chants étouffent la pétarade des rares mobylettes en circulation à cette heure. Anis veut attendre avant de s'assoupir. Vers minuit, soufflera ce vent nocturne qui le soir accompagne l'Euphrate, survole ses eaux de l'amont vers l'aval, jusqu'à l'endroit où le fleuve se plie en deux, dessine un coude, dans le centre de Fallujah. Là, l'air abandonne les berges pour s'échapper vers les ruelles, rafraîchir les quartiers, les chambres. Cet alizé, il le guette, et ne remarque pas une forme immobile, devant sa porte désormais entrouverte, la faute aux insectes. Ces derniers montent les potentiomètres, leur rengaine distrait, couvre le moindre bruit. La forme bouge, son ombre s'allonge. Anis se tourne.

C'est Baker. J'arrive pas à dormir, j'ai fait une trop grosse sieste, c'est pour ça. Et puis j'ai soif. Il sort des verres et une bouteille fraîche. L'adolescent s'assit en tailleur sur l'extrémité du lit, trempe ses lèvres, se tourne vers un coran ouvert sur la table de nuit ; sa tête se redresse, pivote en un large bâillement. Il voudrait reparler de ses rêves. Il aime bien discuter avec Anis.

Il y a six jours, son instructeur religieux l'a conduit dans un village, à 20 km sur la route de Ramadi, pour une visite réservée à lui seul. Pour te récompenser de tes résultats, t'es un bon élément toi. Ils ont arrêté la voiture après une heure sur des chaussées défoncées. Derrière une épicerie, l'enfant et son maître se sont dirigés vers un groupe de maisons aplaties. Un bombardement les avait nivelées. En un tapis bosselé s'agglroméraient le toit, des éviers, du mobilier, et deux étages écrabouillés. Trois murs se maintenaient et encadraient des fenêtres sans vitres, ornées de rideaux qui dansaient. Les gravats mélangés aux armoires et aux placards éclatés rendaient confus les emplacements d'avant, composaient un plan impossible. À l'exception d'un coin, où une cabine de douche se dressait encore, d'aplomb, et une commode sur laquelle était posée une pile de serviettes de toilette, à angle droit, alignée avec l'arête du meuble. L'instructeur l'a pris par la main, ils se sont frayé un passage vers le centre, à travers les blocs qui bouchaient l'entrée. Deux touristes escaladaient des rochers en bord de mer.

Baker s'est assis sur un chauffe-eau descellé. L'autre a imposé deux minutes de prière, yeux clos, avec obligation de se souvenir des dernières images de ses parents. Une poule famélique a traversé les ruines.

— Voilà, tu peux les rouvrir maintenant. Écoute-moi petit, nous sommes venus nous recueillir. Tu es assez grand pour connaître la vérité. Ton père et ta mère étaient hébergés là quand tu étais à l'école de guerre du Califat, ils avaient décidé de te placer en pension chez nous, pour te protéger. Ils ont été assassinés dans cette maison, par un avion de la coalition. Sans pitié, le pilote a jeté contre eux une bombe de 200 kg, pour tuer, exprès.

— C'est vrai ?

— Tes parents étaient des héros. Ils achevaient une lecture du saint Coran. Ta maman se trouvait près de la fenêtre au moment de l'explosion, c'est là que nous avons retrouvé son corps sans vie, la pauvre. Regarde, il y a des taches de son sang. Ton père, lui, était dans le salon, il avait terminé de nettoyer son fusil et rangeait des affaires, les autres étages lui sont tombés dessus, il est mort asphyxié, les jambes broyées. Les services de secours n'ont pas pu le réanimer.

Les yeux de Baker se sont affolés. Papa, maman ? Ils ont dormi là ? Ils pensaient à moi ? Sa bouche a formé un rectangle. L'instructeur s'est interrompu, a croisé les bras pour prier encore, sans un mot.

— Baker, nous allons les venger, grâce à Dieu ! Et c'est à toi que reviendra l'honneur de porter le coup fatal. De mener la bataille contre les mécréants qui ont commis ça. L'état-major m'a chargé de t'annoncer que tu as été élu pour accéder au titre de martyr. Tu en es digne ! C'est pour ça que nous sommes là.

Il a tremblé. Ses mâchoires se sont ouvertes, les lèvres ont remué mais aucun son n'a été émis. Baker ne voyait plus rien ; ses yeux débordaient, des larmes montaient jusqu'aux cils, dévalaient les joues. Il a sauté du chauffe-eau, s'est précipité vers son enseignant, l'a serré dans ses bras. Si fort.

— Merci, merci, merci Cheikh…

— Ainsi, tu rachèteras leurs âmes. C'est important. Avant de mourir, ils n'ont pas eu le temps de demander pardon à Allah pour leurs pêchés. Nous te préparerons pour que l'attaque se déroule à la date anniversaire de leur mort, dans quatre mois.

— Merci !

Les parents de Baker ne sont pas morts ici et n'ont jamais résidé dans ce village. Ça te surprend ? Baker est un bon élève, il est discipliné, il écoute, c'est utile le règlement. Il obtient d'excellents résultats à l'académie militaire, en travaux dirigés de *djihad*, mais aussi en théologie salafiste. La fin des temps approche, lui a-t-on appris, mémorise bien les différentes étapes de l'apocalypse. L'imam en professe les signes annonciateurs, à retenir obligatoirement ; c'est un monsieur âgé, formé à l'université islamique de Médine, même l'émir le salue avec respect.

Bien sûr, seules seront sauvées les âmes pures, insiste-t-il, celles offertes à Allah le miséricordieux, enrôlées dans l'authentique Califat, soumises à lui, à sa cause. Ne doutez pas du jugement dernier, mes frères ! Oui, bientôt le Tout-Puissant balaiera la surface du globe, et alors il sélectionnera, parmi les âmes qui errent depuis des siècles, celles aptes à intégrer son pays de miel. Seules ces dernières monteront au ciel.

Dans l'attente de ce jour, pour les garçons les plus méritants, il existe une procédure accélérée. À peine tués, on les admet au royaume céleste sans examen ni dossier. C'est à effet immédiat. Le *pass premium* pour les *guests*. Ils actionnent une ceinture d'explosifs et hop ! L'option qui consiste à doubler les autres au moment de grimper dans l'avion, à se payer une tranche d'impolitesse. Avec, en bonus, la possibilité de convier au paradis quelques âmes perdues, celles de parents ou d'amis décédés. On peut débarquer avec ses proches. C'est permis. Personne ne l'ignore à l'école du Califat. Les leçons de préparation au martyre, quatre heures par semaine, après les sessions quotidiennes d'étude du Coran, insistent sur ces détails, le salut des âmes des pères et des mères qui se baladeraient çà et là, malheureuses, par exemple après une attaque aérienne.

Assis sur le lit, Baker vide son verre d'eau. Les larmes ponctuent son récit, il les sèche d'un revers. Anis a déjà entendu son histoire il y a trois jours. L'enfant aimerait refaire le même rêve qu'au soir de cette excursion dans les ruines. Celui de la maison avant le bombardement. Quand il visualise une soirée avec ses parents, maman prépare un poulet, tandis qu'il joue à la bagarre avec papa dans le salon. Dans ce rêve, une fois le dîner achevé, ils s'affalent dans les canapés et chantent tous les trois, il est installé au milieu, blotti entre eux, les bras de papa et maman s'entrecroisent autour de ses épaules, l'écrasent, il est bien. C'est le meilleur des rêves. Il déteste l'autre. Celui de l'avion là-haut dans le ciel, du missile pointu qui se décroche de son aile, se stabilise dans les airs et file vers un groupe de bâtiments. Tout se transforme en un nuage épais, éphémère tempête du désert. Papa et maman meurent exactement comme l'instructeur l'a décrit, sous ses yeux, alors qu'il sort de la salle de bains, se précipite pour les sauver. Des rocs immenses écrabouillent papa, Baker se démène, s'évertue à les soulever, tapote le visage de maman pour la ranimer. Il reste indemne, debout sans une égratignure, leurs corps à ses pieds.

Anis avale sa salive ; il cherche des phrases, sur le deuil, les vivants et leurs cauchemars. Baker n'attend rien. Il bondit. S'étire. Se cure un peu le nez et se frotte la tête. Il pivote, mine perplexe.

— Cet après-midi j'ai vu que tu contactais une fille, Lila_93, en te faisant passer pour une autre fille tu sais ?

Les saltos départ arrêté de l'enfance, la faculté de s'élancer depuis le vide, de sauter d'une émotion à l'autre.

— Il vous arrive de mentir, si tu dois jouer le rôle d'une fille ? Les autres disent que c'est pour convaincre des gens de se battre pour nous et d'attaquer les *koufars*. Mais c'est vrai, vous mentez ?

— Mentir c'est masquer la vérité, Baker, en la couvrant de voiles, plus ou moins épais. Nous, on persuade.

— C'est pas pareil ?

— Persuader, c'est transformer la vérité. On ne la dissimule surtout pas, on la démonte, comme un Lego. C'est très à la mode. Tu as déjà joué aux Lego avant ? Nous, avec les briques, on construit une autre vérité.

— Mais la vérité, c'est la vérité !

— Non, la vérité c'est ce en quoi on croit le plus au monde. Et ça peut se modifier, grâce à un travail, qu'on appelle la persuasion.

— C'est comme convaincre un type de faire un truc ? Beaucoup de pays en font, de la persuasion ?

— Convaincre et persuader, ce n'est pas pareil. Convaincre, c'est avec la raison, des arguments vérifiables, nuancés, sans amour mais sans haine, avec un goût pour les choses complexes. C'est assez rare. À une époque les

Français étaient très forts pour convaincre, mais ils y ont renoncé. Persuader, c'est différent. C'est avec des émotions. Des promesses et des accusations simples à retenir. C'est surtout des religions, des partis politiques ou des journaux qui s'en chargent.

— Et nous chez Daech, on est bons pour persuader ?

— Tu rigoles ? On est les meilleurs ! C'est notre arme la plus efficace.

— C'est pour ça qu'avec des kalachnikovs et des gilets explosifs, on panique des pays qui ont des porte-avions et des militaires habillés en ninja ? J'ai jamais trop compris. J'ose pas poser la question à l'instructeur. Il aime pas qu'on l'interroge.

— Oui, c'est pour ça.

— Et on persuade les gens depuis quand ? Je veux dire ceux qui désirent nous aider, pour tuer des *koufars* à notre place, comme Lila_93.

— Depuis le début de la guerre.

— Moi aussi j'ai été persuadé ?

— Je ne sais pas. T'en penses quoi ?

6

20 avril 2015. Le torrent d'eau bouillante versé sur la butte de café moulu se brasse avec lenteur. Le docteur Khalder veille à la dissolution progressive de la poudre dans le broc en inox, juste ça, sur le meuble bas de son bureau de l'hôpital de Tunis. Coude en l'air à l'aplomb du récipient, il entraîne le liquide brûlant dans une ronde modérée. La vitesse forme un tourbillon au milieu, qui évide le centre et surélève les bords en proportion, sur les rives du métal, modifie le niveau de la mer sans agitation, ni bulle ni écume. C'est beau. Courant venu de loin. Plus raffiné que le naturel maelström. L'élégance, la civilisation. Tu sens ?

Le coin salon est préférable ; le docteur Khalder évite le face-à-face autour de la grande table, réservée aux discussions graves, dossiers épineux qui décident de la vie d'un patient, quand on pronostique les chances de rémission et les stocks de traitements disponibles, l'âge des autres pensionnaires, avant de comparer les statistiques, les taux de mortalité à ce stade de la maladie. Bienvenue Meriem ;

venez dans les canapés, on sera mieux pour bavarder. Sur son visage, un ample sourire, elle s'enfonce dans le cuir, les yeux à hauteur des cercles que trace la main du chirurgien refermée sur la tige du mélangeur. Cette main intrigue.

Comment de tels doigts grêles, rattachés à un poignet si menu, articulation infantile, elle-même rivée à un avant-bras fin, peuvent-ils couper du muscle, inciser des chairs, extraire des tumeurs et scier des rotules ? Et avec quelle exactitude ! Depuis sa prise de fonction, le nombre de points de suture se réduit, la longueur des cicatrices rapetisse. Oui, les infirmières tiennent une comptabilité, on plante des agrafes et on pose des drains en quantité inférieure. Il a 36 ans, croit-elle, huit ans de moins qu'elle, et des phalanges habiles.

Comment vont les filles, les deux petites dernières ? questionne-t-il remplissant les tasses de café. Sans sucre pour moi. Meriem les a déposées à l'école avant d'attraper un métro. Tout Tunis connaît les aventures de leur grande sœur, Charifa, et de leur oncle, racontées dans la presse, sous des titres faciles à mémoriser. « Daech en famille », « Un bureau de Telemarket au service de Daech », « Tonton Daech et les siens ». Les articles rapportent une histoire où les violences de l'époque rencontrent les liens du sang. L'audience adore, la puissance des technologies, des fanatiques sanguinaires et une famille égarée, en un drame assemblés. Sur *Assabah*, on affirme que « des sources proches de l'enquête soupçonnent cette filière de jouer un rôle clé dans les recrutements de l'organisation terroriste. Selon la juge Maarouf, chargée du dossier, les menaces représentées par les suspects sont prises « très au sérieux ». À côté des photos de Charifa et d'Anis, le site d'informations divulgue celle de Meriem, surprise dans les couloirs de l'hôpital, bouche crispée, sourcils froncés. Plus bas sur cette page Internet, on l'aperçoit dans une vidéo, tournée près de l'appartement du quartier de Ouardia, elle accélère le pas, encombrée de deux cabas, un reporter marche près d'elle, s'étonne qu'elle ne veuille pas répondre.

Les jeunes sœurs de Charifa dorment mal. Bien sûr, leurs enseignants se montrent prévenants. En classe, on évite les allusions aux guerres et aux soulèvements dans la région, Libye, Égypte, Syrie, Irak. Les autres enfants, eux, répètent les sentences prononcées par les adultes. Des copines de marelle débitent de tristes pronostics – à pieds joints dans le paradis. Ta sœur, elle ne mérite pas de vivre. Toi aussi tu t'acoquineras avec des criminels en Irak ; c'est toujours comme ça, papa il dit.

À la maison, elles dessinent des scènes d'autrefois, qu'elles exposent dans la chambre de Charifa, sur son lit, pour offrir. Comme ça, elle sera drôlement contente à son retour. La nuit venue, dans leurs lits superposés, après un ultime bisou, elles se réconfortent à propos des choses entendues depuis le matin, que Charifa ne réapparaîtra jamais, qu'elle mérite la peine de mort. En murmurant. Même pas vrai, elle en réchappera, tu verras. Meriem adapte leurs habitudes. Le matin, elle recommande un nouveau chemin entre l'appartement et l'école. Les petites contournent les kiosques à journaux des alentours ; itinéraire un peu plus long, mais faites-moi confiance les filles, c'est un trajet excellent pour vos muscles.

À l'hôpital, les patients discutent entre eux. Des époux, des sœurs, des grands-parents interrogent les responsables. Cette dame, l'infirmière, elle va s'occuper de nous ? À quel étage assure-t-elle son service ? C'est possible de changer ?

— Vous avez l'air plus détendue aujourd'hui. Comment se portent-elles en ce moment ? répète le docteur Khalder.

— Sa sœur leur manque. Comme à moi.

— On vous comprend Meriem, enfin j'veux dire, ici dans le service.

Le docteur Khalder a rapproché sa main.

— C'est bien qu'on ait dix minutes… Faut se parler franchement. Ce mois-ci, j'en suis à la cinquième famille qui a contacté l'administration. À cause de Charifa et de son oncle. La direction de l'hôpital cherche à se mettre à l'abri.

— Ils ont toujours eu peur de leur ombre, ceux-là. C'est pas grave. Je m'arrangerai.

— J'ai besoin de vous ! Et les malades aussi. Donc on va rester calmes et être plus malins qu'eux. J'ai décidé de vous affecter aux nuits, pour quatre mois, le temps que ça se calme. Je sais, c'est un changement important.

— Heu… Je ferai les nuits, quatre mois, sans interruption ? Vous touchez pas à mes week-ends au moins…

— Le temps que la pression diminue. Vous les connaissez, dans quatre mois ils seront obsédés par autre chose.

Il y a trois jours encore, épuisée, elle se serait indignée. Choquant un tel changement pour quelqu'un de son expérience. Son front et ses yeux s'assombrissent. Et la seconde d'après se détendent. Le désir d'en découdre ne la traverse pas, elle a raidi son visage pour le principe, sans l'intention de contester. Ça me va, je me débrouillerai avec les filles, les voisins me dépanneront.

Pour la première fois depuis longtemps, Meriem a dormi deux nuits complètes, deux fois neuf heures. Exceptionnel. Sans s'éveiller à trois ou quatre reprises après un cauchemar, persuadée que le cercueil de sa fille aînée tambourine à la porte, ou que le ministère de la Justice la contacte pour une funeste nouvelle.

Il y a deux jours, elle a téléchargé le dernier numéro de *Dabiq*, le magazine de propagande en langue anglaise de Daech, circulant par fichier depuis leurs sites Internet. Longs textes, photos et titres accrocheurs, édition soignée. Sur trois doubles-pages, un reportage glorife les services publics gérés par les islamistes de la cité, exalte leurs chefs, se félicite de leur efficacité. « Comme dans toutes les administrations de l'État islamique, l'équité prévaut dans le partage de la nourriture, les ordures sont ramassées à tour de rôle, et un personnel compétent s'occupe des malades, des valeureux combattants comme des civils. » Un cliché illustre l'article, pris à l'intérieur de l'hôpital de Mossoul. Un garçon de 10 ans à peine est allongé sur un lit. Le jeune blessé, pansement autour du crâne, admire une femme debout à ses côtés. Un niqab noir la couvre des pieds à la tête, excepté ses yeux dans un rectangle ajouré. Deux hommes, l'un en blouse blanche, meublent l'arrière-plan, mines satisfaites. La légende sous la photo vante « les professionnels, originaires de Tunis, éduqués et disponibles pour les familles touchées par la guerre, en particulier les enfants ».

Meriem a zoomé dans la page, a attrapé sa loupe, comme à chaque fois qu'on rapporte la présence de Tunisiens. Elle a étouffé un cri, s'est rassise, a vérifié. D'abord un accroc, une déchirure reprisée dans le niqab, a éveillé ses soupçons. Près de l'oreille, on distinguait un morceau raccommodé. Il se reconnaît à son relief ton sur ton, cette épaisseur faite de points de couture, fil noir sur de l'étoffe noire. Le niqab porté par Charifa à la gare de Tunis comprenait une marque identique au même endroit, après grossissement d'une capture d'écran, sur une copie imprimée par la juge Maarouf.

Meriem a braqué sa loupe. Sa respiration s'est interrompue ; un souffle puissant a remonté la trachée, rugissement venu de loin, contenu depuis des mois. Là sur l'image, à gauche, à la commissure des paupières, entre l'orbite de l'œil et l'arrête nasale, un grain de beauté forme un triangle, reconnaissable entre tous. Ce grain de beauté, aucun doute, c'est bien notre Charifa sous l'uniforme noir. Ma fille, je t'ai retrouvée. Meriem avait été prévenue – les informations discrètement reçues deux jours plus tôt disaient vrai. Charifa, vivante, appartient à une unité médicale de l'hôpital de Mossoul, la grande ville du nord de l'Irak tenue par l'État islamique, elle ne se compromet pas avec des terroristes, elle n'est pas exposée aux combats, elle échappera à une longue détention à son retour, se réconforte Meriem. Qui assumera les permanences de nuit à l'hôpital.

Ses yeux s'attardent encore sur les mains du médecin ; dont les doigts se croisent autour de la tasse, au moment de la porter vers sa bouche. Oh, les rameaux de noisetiers torsadés. Elle les imagine se dénouant, ils prendraient leur liberté, ils courraient le long de ses jambes à elle, de ses cuisses, effleureraient ses seins, pour une heure abandonneraient les convenances et les vies à sauver dans les étages d'à côté. Allez, ouste les éclopés et les cancéreux, priorité à son épiderme. Ces phalanges-là se promèneraient sur toute sa surface, s'attarderaient sur ses fesses, presseraient chacun de ses reliefs ; il n'y tiendrait plus, il se déshabillerait entièrement, l'enlacerait nue.

7

9 juillet 2015, 22h50. À Fallujah, les veilleuses des moteurs de l'imprimerie éclairent le rez-de-chaussée du second bâtiment. Des lumières rosâtres, faibles. Les cylindres, les dérouleurs, les plieuses et les tapis métalliques sommeillent. Plus tôt dans la journée, cette bête a repris vie. On a fabriqué la version papier du bulletin politique pour la population locale. Saleh le veut. La police du gouvernement chiite épie la consultation des sites les plus critiques, mais capitule contre les livreurs à moto déposant ce brûlot le vendredi sur les marchés. Huit pages qui vilipendent le vice-président Nouri al-Maliki, ce chien, un chiite, autrefois numéro deux du Comité de débaasification, aux ordres de Paul Bremer, le gouverneur nommé par Washington. Il les vomit. Peu après l'invasion américaine, leur fichu comité a limogé les amis de Saleh, les sunnites titulaires d'une carte du parti Baas, même les sans-grade, les instituteurs et les employés municipaux. A fortiori les bourgeois responsables de la sûreté, de l'armée et des réseaux de contrebande sous Saddam

– oui, l'embargo avait créé des branches spécialisées dans l'administration, des services entiers se consacraient à son contournement. Du jour au lendemain, des centaines de familles ont enduré la misère, notamment ici, à Fallujah.

Sept mille exemplaires du bulletin politique sont imprimés. Après les deux salles du bas, dans la grande pièce, le moteur de la rotative refroidit. Derrière elle, un couloir étroit file vers l'obscurité totale, et plus loin tourne à angle droit avant d'aboutir à un cagibi, où s'empilent des stocks de publications jamais expédiées. La fraîcheur de la nuit ne s'introduit pas jusque-là.

Steeve ne ressent pas la température de ce réduit. Il n'y pense pas. Et pourquoi penser ? Il est arrivé de Belgique il y a seize mois, 24 ans, maigre, des os saillants, un corps qui vacille quand il se met en mouvement, traverse les bureaux. Échafaudage indécis, mal équilibré. Il a pris pour nom de guerre Abou Tarek, mais ses chefs le nomment Steeve le Bruxellois, et ses collègues de la brigade l'ont rebaptisé Steve Jobs, comme le cofondateur d'Apple, hommage à ses qualifications. Dans la capitale belge, c'était le technicien d'une boutique du quartier de Laecken, spécialisée dans les transformations des téléphones et tablettes, tous supports, toutes marques. *Desimlockage*, modification de numéro IMEI, clonage de cartes SIM, avec dépannage de nuit pour cent cinquante euros par intervention. Une clientèle coutumière des paiements en liquide affectionnait les prestations du magasin, auquel la police rendait visite. Karim, l'ami d'enfance, chargé du montage des vidéos préparées par la brigade, l'a décidé à tout plaquer pour vivre une existence au loin, plus grisante que ces heures passées dos courbé au-dessus de circuits intégrés, moins ordinaire que les soirées GTA sur PlayStation et les dimanches dans les allées des centres commerciaux fermés. Une aventure qui substitue au quotidien la promesse la plus précieuse, un horizon. Poussés par l'espoir de servir une cause et de vibrer, ils se sont jetés dans cette guerre interdite, dans un pays chaud, au service des musulmans d'Irak, dont le gouvernement belge, l'école, les médias disaient du mal. Ils les adoraient par avance.

Karim le voici justement, plus trapu, debout contre une haute pile de papiers, qui lui caresse les cheveux. Steeve torse nu, plus grand que lui, l'entoure de ses bras. De ses lèvres entrouvertes il effleure son visage ; l'embrasse. Ses mains serrent ses épaules avec ardeur. Steeve fond aux pieds de son ami, descend vers son treillis, le déboutonne, abaisse son caleçon à mi-cuisse. Regard en contre-plongée, dilaté d'excitation, ses doigts agrippés aux fesses de Karim, ses yeux à la hauteur du désir de son ami, de son érection, que sa bouche enfourne.

Anis appuie sur pause. La vidéo s'interrompt. Dans sa chambre, où il l'a invité à entrer il y a un instant, Steeve s'effondre sur une chaise, écarlate, souffle court, la gorge soudain asséchée.

— Tu sais pourtant ce qu'on réserve aux homos, Steeve !

— Je… S'il te plaît, chef…

Le film se présente comme un unique *travelling* sans paroles, aux couleurs vert fluorescent. En mode vision nocturne, depuis l'entrée du rez-de-chaussée, l'objectif passe devant des machines à l'arrêt, progresse dans le couloir, s'arrête, redémarre, sur une bande-son composée de bruits de pas feutrés, réguliers, peu à peu enrichie de notes organiques, des lapements, des expirations rauques. La durée totale indique 6 minutes 34, mais Anis vient d'interrompre la projection après 2 minutes 50, il referme le mini-caméscope.

— Steve Jobs, tu es un mec bien je crois. Je ne veux pas que tu sois balancé du haut d'un immeuble, commence-t-il, énervé et cependant tout murmures.

Personne alentour n'aura entendu.

— Mais je te promets, chef…

— Boucle-la ! Ne dis rien, susurre-t-il. Pourquoi tu crois que le Califat exécute toutes les semaines des homosexuels ? En Syrie ou en Irak. Hum ? Parce qu'il y en a. Comme partout. Parce que c'est ordinaire, banal. Et qu'ils ne le supportent pas. Et d'ailleurs pourquoi, à ton avis ?

— Heu, sais pas…

— Tu réfléchiras à ça.

— Tu ne vas rien dire alors ?

— Selon toi ? Pourquoi je suis là ? Pour discuter ou pour te pendre ?

Anis lui fait face, se tait, fronce les sourcils, croise les bras. Dans la poitrine de Steve Jobs, résonnent des coups de tambour. Une poignée d'hypothèses surgissent pour expliquer les minutes qu'il traverse. Dans la confusion, sa mémoire se bloque sur un incident technique, survenu il y a une bonne semaine.

Cet après-midi-là, chacun était concentré devant son ordinateur. L'émir lui a ordonné de monter sur la mezzanine. Prends un tabouret Steve Jobs, jette un œil sur cet écran et règle-moi ça ! L'un des moniteurs de Saleh affichait un programme de surveillance de la brigade ; un mouchard, grâce auquel il contrôle les serveurs, les routeurs et les appareils allumés dans l'imprimerie, avec archivage et analyse en temps réel des adresses de connexion des uns et des autres. Un bug le contrariait, problème de configuration, Saleh ne parvenait pas à en épier un, celui précisément qui l'intriguait. Tu as deux minutes pour trouver une solution. Chevrotant, il a expliqué, corrigé le pare-feu, mis à jour un logiciel tiers, et a relancé. Saleh a aussitôt sondé l'ordinateur en question ; celui d'Anis. Ce qu'il tapait et lisait, les sites qu'il visitait, les messages qu'il pianotait sur son clavier, les opérations effectuées, Saleh les voyait aussi, en direct, une ombre derrière son épaule.

À cet instant, Anis, après avoir inscrit son propre nom dans la barre de recherche de Google, consultait les résultats. La vingtaine de réponses pointait vers des articles de sites tunisiens, il y était qualifié avec des mots condamnations. Terroriste. Manipulateur. Criminel. Un agent dormant des groupuscules islamistes introduit dans une société de télémarketing de Tunis. On l'accusait d'avoir infiltré l'entreprise pour dissimuler ses mauvais coups, le fourbe, avec des proches ralliés à ses théories. Après il avait disparu en Irak. Certains de ces sites désignaient sa nièce, Charifa. L'émir lui a fait signe de partir. Sur les marches de l'escalier, Steeve a examiné le visage d'Anis à l'autre bout de la salle. Quelle est cette tête ? Quand un journal d'un pays ennemi publie de tels articles sur un moudjahidine de la brigade, en général c'est fête, une consécration, on applaudit. Anis, lui, ne triomphait pas, sa notoriété de djihadiste le tourmentait. Steeve a songé aux copains de Laecken ; comme ils seraient épatés si la presse écrivait son nom en gros, si des journalistes l'étiquetaient avec de semblables mots, qui effraient. Ce serait une fierté.

— Chef, vous n'allez pas me dénoncer alors, ni moi ni Karim ? Je jure, ça nous arrive presque jamais.

— Steve Jobs ! Je ne vais pas vous exécuter. Pas aujourd'hui. Peut-être jamais d'ailleurs. Ça dépend de toi…

Anis rouvre le caméscope, déploie le clapet, extrait la microcarte mémoire et l'enfonce dans sa poche.

— Écoute. J'ai besoin de ton aide et de ta confiance. On a déjà parlé ensemble de Charifa, ma nièce. Tu te souviens ? C'est toi qui m'as d'ailleurs averti qu'elle serait en photo dans le dernier numéro de *Dabiq*, avant qu'il paraisse…

— Ben oui, c'est la brigade de propagande de Mossoul qui nous a prévenus. Une de vos sœurs est à l'honneur dans la prochaine édition, une qui a séjourné à Fallujah, ils ont dit.

— Voilà. C'est ça. J'aimerais avoir des nouvelles de Charifa, mais fréquemment tu vois ! Hélas, c'est interdit de demander, je n'ai pas le droit, parce que nous sommes de la même famille et que nous n'appartenons pas aux mêmes unités. Tu lui as fourni un téléphone anonymisé, avec un traceur à l'intérieur, pour la localiser en cas de nécessité, non ? Comme c'est la règle. Saleh exige que tu le fasses pour tous les gens passés par la brigade et envoyés ailleurs. Elle est partie de l'imprimerie avant mon arrivée. J'aimerais savoir pourquoi. Connaître les raisons de son départ pour Mossoul…

— Tout ce que tu voudras, bien sûr.

— C'est tranquille. On a toute la nuit.

— Il y a un garçon qui a un lien avec tout ça, chef.

— Quel garçon ?

— Il s'appelle Ousman. On l'a vu aux environs du mois d'août 2014. Un Tunisien, c'est certain.

Anis allume la gazinière, sort des sachets de thé. Il entame des biscuits secs, sort du sucre, un pamplemousse et dispose deux chaises face à la minuscule table en formica de sa chambre. Steeve s'assied.

— Et c'est qui ça Ousman ?

— Je pensais que vous saviez… Il s'était connecté à l'un des premiers sites qu'on a créés ici pour attirer des djihadistes. L'émir n'a pas songé à l'intégrer à nos effectifs. Pour nous, c'était juste une nouvelle recrue. Ousman voulait servir, aider. Les responsables des autres unités réclamaient des bras, celles déployées sur le front. Alors…

— Quel rapport avec Charifa ? Et ce Ousman, comment on l'a séduit ?

— À cette période, chez nous, les effectifs étaient moins importants. Saleh gérait lui-même les scripts qu'il avait rédigés, comme celui du profil « Humanitaire ». Tu sais, pour les jeunes qui veulent assister les populations musulmanes oppressées. Ousman, c'est comme ça qu'il a été attiré. Dans sa région, à la frontière entre la Tunisie et la Libye, un imam de son village a facilité le travail. Il a établi le premier contact, en le présentant comme un garçon qui voulait secourir les croyants dans le besoin. Un gars avec de l'expérience dans les activités hospitalières ou de transport, je sais plus bien.

— Ensuite ?

— Les services de sécurité de Ramadi l'ont gardé quelques jours. Et il a été positionné à Mossoul. Là-bas, il a mis en place une unité d'ambulanciers. Drôlement efficace, je crois. Puis il nous a rappelés, pour nous parler d'une histoire d'amour avec une fille en Tunisie. Elle voulait le retrouver. Mais lui n'était pas d'accord, il a contacté l'émir pour lui demander de ne pas la recruter. Le chef n'a pas accepté. Ils se sont disputés.

— Cette histoire d'amour, c'était…

— Ben… ta nièce, Charifa ! Elle s'est manifestée au même moment sur l'un de nos sites de propagande. Elle racontait que c'était pour Ousman. Qu'elle brûlait de le rejoindre. Le truc classique. On a suivi la procédure pour les Tunisiens, pour vérifier la sincérité de ses croyances, pour être sûrs que c'était une bonne musulmane. Elle nous a expédié des vidéos.

Anis, jusque-là debout devant la petite table, s'assied à son tour sur la chaise en bois. Ses yeux à la hauteur de ceux de Steeve, qui s'inquiète. Pourquoi ce silence ?

Anis ouvre la bouche, la referme. Ses mains massent ses tempes, sa tête fléchit vers l'avant, se redresse.

— Dis-moi Steeve, quel profil vous lui avez donné ? À ma nièce. Au cours de la procédure.

— « Chevalier » je pense, le script employé pour appâter les gens soucieux de justice, tu vois. Mais c'était pas clair, plutôt un choix par défaut, elle était difficile à cerner, de mémoire. Pendant un moment, on a cru que c'était une simulatrice, qu'elle nous manipulait. Et puis non. Saleh a repéré qu'elle exerçait des responsabilités dans une société de télémarketing de Tunis, plutôt pointue. Il fallait étoffer nos équipes, il a prié les chefs de Ramadi de la muter ici, chez lui, une fois les tests de sécurité achevés.

— Oui, elle aurait dû rester à Fallujah ! Elle était plus utile ici.

— C'était aussi l'opinion de l'émir. Mais Ousman, encore en colère à propos de sa venue, insistait pour qu'elle le rejoigne à Mossoul. On l'écoute ce Tunisien. Sa flotte d'ambulances fait du bon boulot. C'est important pour les chefs de là-bas, des équipes capables d'amener les djihadistes blessés le plus vite possible à l'hôpital, malgré les bombardements. Pour les sauver des hémorragies, les soigner et pour qu'ils repartent rapidement se battre.

— OK Steve Jobs. Et pour le téléphone maintenant on fait comment ?

— C'est-à-dire ?

— Pour que je lui parle tôt ou tard, mais discrètement.

— Hors de question ! Personne ici n'a le numéro de Charifa. Ce n'est pas nous qui avons fourni sa carte SIM ! C'est Ousman, j'imagine. On s'est contentés de mettre à sa disposition un téléphone, un Nokia je crois, avec un traceur intégré. C'est la règle. Et je ne te conseille pas de la contourner en envoyant des messages non autorisés à Mossoul pour avoir le numéro direct. L'émir l'apprendrait immédiatement. L'activité de tous les appareils est tracée. Je peux juste situer son Nokia avec précision. Ça, personne n'en saura rien. Mais faut surtout pas l'appeler.

— Bon... Évidemment Steeve, cette discussion reste entre toi et moi.

— Je vous promets, chef...

— C'est bien de promettre, Steeve, mais ça ne suffit pas.

Sur ce cliché paru dans *Dabiq*, il est là, à l'arrière-plan. 22 ans environ, brun, des taches de rousseur, le menton les joues le cou tapissés d'une barbe d'une dizaine de centimètres, les mains au fond des poches. Ousman n'a peut-être pas envisagé sa présence dans le champ du photographe. Il porte un gilet blanc frappé d'inscriptions rouges, un pantalon et un tee-shirt noirs.

À Mossoul, Charifa partage la destinée de son amoureux rencontré à la plage, son amant du cinéma ABC. En Tunisie, un jeudi soir, après une dispute au sujet du mariage, il a disparu en autobus vers sa ville natale de Dehiba, dans le Sud-Est. Son père s'est d'abord réjoui.

Bravo, tu as raison de t'échapper de la capitale, de t'éloigner de ses tentations, de ses filles faciles, de retourner parmi les tiens. Mais fuir une supposée décadence désignée par des parents, n'est-ce pas déjà y succomber ? Trouve une vie pieuse, expie tes péchés, l'a encouragé par texto l'imam du quartier, averti de la sage décision. Ta famille t'épaulera Ousman, ce sont des gens pieux. Les derniers temps, ses cousins téléphonaient tous les jours pour l'en convaincre. Il fallait se dérober au *sheitan*, à la fornication, au désir d'une fille pendant la séance de 16 h 30 au cinéma ABC, au parfum de son entrecuisse, un arôme iodé. Soyez damnées, nymphes trompeuses et vos sexes entêtants, accortes avant le mariage, confiseries empoisonnées, à proscrire.

Un quotidien laborieux s'est imposé à lui, dans l'entreprise de maçonnerie d'un ami de papa, un fidèle, apprécié de l'imam, avec des entrepôts à la sortie de Dehiba. Un poste lui a été réservé. La journée, tu couleras des chapes de béton et monteras des murs de parpaings, sans jamais omettre de prier, et le vendredi, après la mosquée, tu partageras un thé avec tes amis, les gens du village. T'auras du travail jusqu'à la retraite. Six mois ont passé. Ousman s'est arrêté, sans éclats de voix, sans reproches. Le train des choses prenait l'allure d'un renoncement, d'une vie transférée par erreur dans la catégorie des quelconques, des ordinaires. À quoi bon ce travail de construction dans des paysages vides, face au ronron de la bétonnière ? Sur les échafaudages, il fixait au loin la frontière libyenne, à quelques centaines de mètres, taloche et truelle entre ses doigts. À ses pieds, dans un seau, un mélange gris et lourd séchait.

Un soir, il a inspecté ses taches de ciment dans les cheveux, ses mains calleuses et ses ongles noirs, sans une fille enivrante avec qui il aurait pu en rire. Sans Charifa. Sérieusement ? Il devait exister une autre voie, sans déshonorer papa, en rendant fière la famille. Viens avec nous, ont proposé des garçons du même âge, des Tunisiens, rencontrés dans les rues de Dehiba, près de la mosquée. Téléphone à la femme que tu aimes, pour lui faire tes adieux. Ses nouveaux amis rentraient de Libye, pour se reposer quelques jours, reconstituer des stocks de médicaments et de matériel, après des mois dans la région de Benghazi, comme brancardier, cuisinier ou assistant infirmier aux côtés des groupes djihadistes. Eux ne se morfondaient pas, leurs yeux étincelaient de récits épiques, d'anecdotes, de mois d'aventure, de liberté, d'excès. Et ils ne loupaient pas la moindre obligation salafiste. Ça a commencé ainsi.

Il a jeté dans la boîte aux lettres de son père la clé du deux pièces en sous-sol mis à sa disposition, accompagnée d'un papier froissé. Pardon, je vais peut-être te décevoir papa, mais je veux me rendre utile autrement, puisse Allah te protéger.

8

16 septembre 2015. Dehors dans la cour, accrochés à des fils de fer, des boyaux et des muscles se balancent entre deux poteaux. Il y a aussi un os de la taille d'un tibia, couvert de chair. Tout ne cuira pas ce soir. Dans un demi-bidon d'acier couché sur le sol, des braises de charbon de bois roussissent, s'enflamment parfois, tonifiées par les gouttes de graisse qui suintent des morceaux de viande. Anis en jette d'autres sur la grille, disperse sur eux de belles poignées de thym ; la fumée s'épaissit. Le poignet serré sur la fourchette, il retourne les grillades. Leur odeur se faufile par les fenêtres, se répand entre les murs.

Chaque semaine, un paysan des environs livre un mouton vivant. Ça évite les tracasseries engendrées par la conservation des produits frais. Il y ajoute des pommes de terre et du riz, par sacs de douze kilos, et des tomates selon la saison, en quantités aléatoires. Le mouton reste deux jours en vie, attaché à une corde, sur le parterre terreux, derrière le corridor de l'entrée. Quatre jeunes de l'école des moudjahidines sont désignés pour en prendre soin, le nourrir. L'animal apprécie. Gentille la bête, elle lape leurs douces mains, frotte sa laine moelleuse contre leurs corps fluets. Depuis la plateforme du premier étage, Anis l'entend bêler quand ils l'abordent, impatiente qu'ils prodiguent des caresses, murmurent des mots affectueux. Retournez-y les garçons, câlinez encore la bestiole, grattouillez-lui le front.

Les mêmes enfants l'ont décapité net, ce mouton ; ordre de l'émir. Opération à effectuer seuls, sans l'aide d'un adulte, sous peine de punition. Trois l'ont plaqué au sol ; étendu sur son flanc. Ceux-là ont enserré les pattes, lui ont interdit de remuer. Le quatrième s'est agenouillé, la main droite alourdie d'une feuille de boucher, large couteau rectangulaire idéal pour débiter des carcasses. De son autre main, l'enfant a écrasé la tête du mammifère, l'a étirée, afin que le cou s'allonge, que vertèbres et carotides soient maintenues en extension, comme on le lui a appris, jusqu'à la frappe. À leur âge, une seule ne suffit pas. Le résultat les a impressionnés. Statues de sel après le premier geyser, les giclées de sang sur leurs vêtements les ont pétrifiés. Il fallait insister, encourager ; imagine ton pire ennemi, un *koufar*, un apostat, imagine ton connard de père coupable de trahison, sois sans pitié ! Le mouton a gueulé, lutté, s'est démené, les gamins l'ont insulté, se sont déchaînés. Peur des réprimandes. Qu'est-ce tu fous ? Tu préfères qu'on te crame à l'huile bouillante ? Vas-y cogne, cogne ! Mais putain, qu'il crève ! L'avant-bras de l'autre s'est abattu une nouvelle fois, crispé mais gaillard… A marqué une pause après le craquement des os et des artères. Puis, le silence.

Les coups ont repris plus sereins jusqu'à séparation complète de la tête. Une leçon a succédé. Les enfants, votre bonté, votre délicatesse sont vos tenues de camouflage, initiez-vous à l'art de la dissimulation. Cajolez, câlinez, réconfortez oui, mais lorsque vous en recevez l'ordre, portez la mort avec franchise, sans hésitation.

C'est le jeune Baker qui, pour la première fois, a brandi la feuille de boucher, son instructeur y accorde de l'importance, étape indispensable de la formation, pareille à l'apprentissage du tir au fusil automatique. Dans quelques mois, il sera prêt. Anis remplit d'abord son assiette, une tranche généreuse pour le héros du jour, pour le récompenser devant les autres, assis autour de cette planche posée sur des tréteaux, applaudissez-le, allez on l'applaudit tous, c'est un grand jour, sa décollation inaugurale. Ici aussi on a des habitudes tu vois. Le dîner s'achève. Les petits rangent la table, nettoient les plats.

Récréation terminée pour les grands, réunion dans deux minutes ! L'émir les convoque. On nous commande d'actualiser les données sur la progression des recrutements. Encore. Un type à l'état-major de Daech attend avant le week-end des chiffres et des identités sur nos cibles, pour compléter les colonnes de ses cahiers, maintenir à jour les résultats, à propos desquels des satisfecit, rares, et des reproches, abondants, seront adressés par ce chien.

Ce galonné, jamais content, ironise sur les moyens coûteux qu'affecte Saleh à la propagande, disproportionnés pour ces scores-là, raille-t-il. À l'entendre, les autres brigades seraient plus économes. Qu'est-ce qu'il lui faut ? Saleh enrage. Le monde entier nous regarde. Les puissances de la planète redoutent nos opérations ; grâce à une dizaine de gorges sectionnées par mois, cinq à six attentats à la voiture piégée par semaine en Irak et en Syrie, quatre à cinq attentats par an en Europe, des chants religieux, un logo noir et blanc, et, n'oublie pas, des caméras, des sites Internet et des ordinateurs, même obsolètes. Ce vieil imbécile n'y comprend rien. Le ratio de l'investissement rapporté au bénéfice politique bat des records d'efficacité.

Saleh coupe son cure-dent en deux ; rassemble les moitiés, les sectionne encore en deux, regroupe les quatre morceaux, ses ongles se plantent dans le bois, qui à nouveau se brise en deux. Quels cons ces Bédouins affairistes de l'état-major, un incompétent ! Eux n'ont jamais dirigé une armée, ni une escouade, à peine un harem. Ils vont trop vite, suivent des objectifs mais pas un chemin, braquent leurs lunettes vers un point au loin mais égarent leur boussole. Pareils aux crétins du Pentagone. Pas étonnant qu'à intervalles réguliers ces deux-là se fassent la guerre et puis engagent des tractations. Bande d'industriels ! Saleh adorerait écraser sa cigarette dans l'œil de l'auteur des reproches. Il connaît son nom. Oh oui, c'est bon ça, le brûler vif jusqu'au nerf optique, oser en éprouver du plaisir, non pas une érection, une vibration intérieure.

Il l'attacherait à son fauteuil de coiffeur, un outil qu'il affectionne, basculerait en position shampoing, à trente degrés, inclinaison idéale. Comme d'habitude, il faudrait solidement ficeler jambes, bras, buste, front et menton, avec des cordes et aussi des rouleaux de *gaffer*, l'adhésif le plus robuste, apte à colmater une fissure sur un tuyau. Dans un pays déglingué comme l'Irak, la plupart des épiceries en proposent. Des assistants plaisanteraient. Ça ira la température de l'eau, Monsieur ? L'immobilisation serait totale ; cette technique, il l'a souvent pratiquée. Avec précaution il positionnerait son blépharostat, un appareil d'ophtalmologues employé en chirurgie, cadeau d'un médecin. De drôles de ciseaux, dont les extrémités s'achèvent par des demi-cercles. Ces tiges courbées forcent les paupières, maintiennent les yeux ouverts, bon gré mal gré écarquillés. Vient le moment où n'importe qui avoue n'importe quoi. Quand il introduit la cuillère à agrumes dans l'œil écarté, l'enfonce profondément, exécute un demi-tour, soulève. Des vaisseaux craquent. L'autre œil, encore valide, assiste à l'extraction de son comparse. On promet de le remettre en place. Le type hurle, parle. Raconte tout, n'omet rien. Alors Saleh allume une Marlboro, savoure trois bouffées et, décontracté, la plonge dans le mille d'un bras lourd, direction le fond de l'orbite béant, en avant toutes, le mégot jusqu'au cerveau. Après, le fauteuil de coiffeur est placé dans un bac de douche. On cisaille une cuisse jusqu'à l'artère fémorale et clic-clac on referme la porte de la salle de bains, le borgne périt à petit feu, vidé de son sang.

Merde ! Les usages en vigueur entre notables sunnites le proscrivent. Y a pas de justice. Cet imbécile de bureaucrate contre lequel Saleh fulmine, c'est l'un des doyens de la tribu des Al-Falahat, propriétaire de cinq pharmacies à Bagdad, dont trois qu'il s'est engagé à lui vendre. Par le biais de son épouse, cet incapable possède quatre cents hectares de blé et gère deux minoteries dans le nord du pays, cruciaux pour les dirigeants du mouvement là-bas, ceux de Mossoul. Ils l'ont gratifié d'un poste pour s'attacher sa fidélité, difficile de le récuser, trop d'allégeances s'entrelacent, à cause de la guerre. Un système d'irrigation complexe s'équilibre vaille que vaille, chaque réserve d'eau fournit ses voisins, rien ne doit mettre en péril l'ensemble, protestations et reproches attendront des temps moins agités.

Au premier étage, où les ordinateurs ont été éteints, la brigade au complet se rassemble. L'émir scotche au mur le verso d'une affiche de cinéma, sortie du sous-sol de l'imprimerie où elle dormait depuis les années quatre-vingt, dernier lot d'une commande pour la version arabe d'un film décadent. Personne ne l'a vu, une histoire bizarre paraît-il, avec des garçons ultra-violents et de vieux messieurs anglais, experts en manipulation mentale, une affaire d'oranges mécaniques, une œuvre du diable. Il griffonne et tire des lignes au dos du poster géant, collé en hauteur face à lui et à Anis, à sa douzaine de soldats, qui échangent des regards fatigués, digèrent leur mouton.

Un tableau à sept entrées est tracé au marqueur rouge. Tout le monde comprend, l'émir exige une évaluation précise des avancées de ses hommes, pour connaître la progression des enrôlements, sur chacun des profils ciblés. Il la transmettra dans la nuit par porteur. Une fois de plus. Comme la semaine dernière, malgré l'heure, sans rechigner. Il y en a sept. Sept colonnes pour sept profils psychologiques, sept portraits types de candidats, que la Deuxième brigade de propagande s'attache à attirer. Et auxquels correspondent sept tactiques de persuasion, avec leurs vidéos et leurs scripts conversationnels, préparés avec soin – tant pis si ça coûte du temps et des moyens, faut savoir ce qu'on veut. Ici, un espoir à entretenir, là des déceptions à effacer, partout des émotions à exploiter.

Lis ce tableau. Pareil à celui des aéroports, il énonce une seule et unique promesse, la garantie d'un voyage, mais adapté aux adolescents perdus, paniqués, en quête d'une destination. Utopia se nomme le long courrier, bienvenue à bord.

Saleh recense les sept profils. Il y a le « Justicier », qui pour éblouir un parent ou une fiancée cherche à établir l'égalité et le droit sur Terre, pareil au Batman, à coups de poncifs et de muscles, sans examen d'entrée dans la magistrature, en version accélérée, pour secourir des orphelins et lutter contre quantité de complots fomentés par les puissants.

Il y a le « Fautif », dévasté par les remords, celui-ci n'assume pas ses fantasmes, ses songes torrides, des actes plus ou moins glorieux, à tort ou à raison, et espère une ardoise magique, tout oublier tout effacer en se rangeant auprès des plus stricts.

À côté l'« Humanitaire », qui malgré son jeune âge veut guérir le monde faute d'avoir pu guérir les siens, il ou elle fonce tête baissée vers des activités humanitaires, pour soigner, sauver de ses propres mains.

Juste après, c'est la « Vierge » qui désire un univers où dominent les relations platoniques, les serments amoureux tout habillés, sans s'embrasser avec la langue, une vie de couple exempte de liquide séminal et de cyprine.

À sa droite, on a l'« Apocalyptique » qui croit à l'imminence du jugement dernier et aux conspirations – le plus facile à embrigader celui-là.

Plus loin, le « Détraqué », qui ne résiste pas à l'attrait d'un univers où des esclaves sexuelles lui sont promises, avec dans la même pochette-surprise une absolution pour des soirées de viols. Regarde, suffit de prêter allégeance au type déguisé en calife.

Enfin le « Sanguinaire », qui a poussé entouré de violence, *punching-ball* d'un papa ou d'un grand frère amateur de castagne, et a développé un certain talent pour maltraiter les autres, il apprécierait qu'on le lui reconnaisse. Tout un train d'adolescents attardés, tordus, bousillés, à choyer d'abord et à conditionner ensuite. Bientôt satisfaits d'avoir rencontré une raison de vivre, un horizon.

On améliore en permanence les discours et les images envoyés à ces profils. Anis se lève, s'approche du tableau, les hommes ne chôment pas, émir. Steeve le Bruxellois et les autres lui font confiance, l'adjoint du chef parle bien, il sait défendre leur travail.

— Chaque semaine on ajuste une dizaine de scripts. En faisant du sur-mesure. Les résultats montrent notre efficacité ! À nous seuls, nous provoquons vingt arrivées par mois sur les territoires du Califat. Et je n'additionne que les garçons en âge de se battre. C'est 19 % de plus que les quatre autres brigades de propagande.

— Et avec cette Lila_93, la Française, comment ça se passe, je peux savoir ?

— Lila_93 confirme les espoirs placés en elle, rassure Anis, mais…

Saleh a penché la tête. Il le regarde, menton levé, ses doigts caressent sa moustache en de légers va-et-vient, à la base du nez. Anis se rassoit, essuie les paumes de ses mains, les frotte sur ses cuisses. Avale un peu de salive.

— Initialement, poursuit-il, quand Lila_93 a été évaluée, on lui a attribué un profil « Humanitaire ». Des individus réactifs à l'idée de secourir les autres.

— Et alors, ça a l'air de s'être bien déroulé jusqu'à présent ?

— Difficile de dire ça. Non. Ses réponses étaient longues, manquaient de réactivité, se risque Anis.

— Pourquoi ?

— On a découvert que Lila_93 a un profil « Vierge ». J'ai créé un avatar féminin pour parler avec elle. Elle a fait référence à des agressions sexuelles quand elle était petite, des épisodes répétés qui l'ont marquée. Elle ne se sentait pas suffisamment en confiance avant pour le verbaliser.

— Donc ?

— On va droit dans le mur avec le script « Humanitaire », on ne maîtrisera rien. Elle pourrait se dérober en pleine phase opérationnelle. Alors qu'avec un profil « Vierge », on persuadera Lila_93 de beaucoup de choses… si elle croit trouver chez nous l'amour pur, dépourvu de souillures.

— En pratique, tu fais comment ?

— Quelqu'un du groupe jouera le fiancé, lui promettra un mariage parfait, sans relation physique.

— D'accord, mais on me réclame des Français et Lila_93 en est une ! Donc, plus de retard avec celle-là. Et pour les autres ?

Saleh n'est jamais fatigué. Il reste à contrôler les variantes des scripts principaux, leurs adaptations aux diverses régions d'Europe et du Maghreb. On ne s'adresse pas à un « Sanguinaire » d'Italie comme à un « Apocalyptique » des Pays-Bas. À un jeune Allemand issu d'une famille protestante comme à une Belge de Molenbeeck ayant grandi dans une famille marocaine. D'ailleurs, avant d'attribuer un script, on renseigne toujours les prénoms et lieux de naissance des parents, sur le tableur, par des questions anodines.

— Reparlons de la version du « Justicier » prévue pour les Français de parents maghrébins. Vous insistez sur l'injustice à l'école, comme on en a déjà discuté mardi ? Où en sont les tests ? C'est prometteur ?

— Je crois...

— Anis, lis-nous la quatrième partie de ce script conversationnel, juste les passages correspondant à la fin de l'hameçonnage !

— Oui... La quatrième partie... Voici : « Ma sœur/mon frère. À quand ça remonte ? Quand as-tu ressenti que l'égalité n'existait pas en France, en tout cas pas pour toi, que tu étais victime d'injustice et que leurs discours n'étaient que tromperie ? [ici, attendre la réponse de votre cible, si elle excède 36 heures, revenir à la troisième partie et opter pour la deuxième branche ; sinon poursuivez et valorisez comme toujours sa réaction, quelle qu'elle soit]. »

— À chaque fois, respectez bien les délais indiqués dans le script, insiste Saleh.

— Bon, si la cible a répondu en moins de 36 heures, on continue avec ça, rajoute Anis : « Oui, comme je te comprends, ça a été difficile pour toi. J'en ai bavardé avec mes compagnons pendant le repas. On te trouve tous très courageux(se), mon chef t'a cité(e) en exemple, il dit que je dois me sentir honoré d'écrire à quelqu'un qui a de telles qualités [inclure ici quelques références au récit d'injustice que vient de vous livrer la cible. Si celle-ci en réponse minore la portée de vos compliments, ou rejette les honneurs que vous lui faites, obstinez-vous. Il est primordial que la cible soit convaincue d'être aimée, comme elle ne l'aura jamais été. Ne pas oublier qu'elles manquent toutes de considération]. »

— Vu, vous autres ? Anis a raison. Faut les persuader que vous avez d'eux une haute opinion.

— Je reprends le dialogue : « C'est drôle, hier quelqu'un m'a parlé de l'école en France et des dictées proposées par les professeurs. N'as-tu pas l'impression que ces exercices sont conçus pour reconnaître les enfants d'origine arabe, qui n'entendent pas parler français à la maison, pour les écarter très tôt d'une scolarité satisfaisante ? Est-ce que Dieu a voulu ça ? [Si l'interlocuteur approuve ce raisonnement et renchérit, passer directement à la branche numéro six consacrée au haschisch.]

— C'est quoi la six ?

— La six... Je l'ai : « Pourquoi le gouvernement français ne légalise-t-il pas le cannabis, le commerce de cette drogue cause tant de ravages dans les quartiers ? Beaucoup de jeunes ont des problèmes avec la justice à cause de ça. C'est un produit qui rend inconscients nos frères qui en fument. N'est-ce pas un prétexte pour motiver leur arrestation et les mettre en prison ? [Si la cible abonde dans votre sens, poursuivez pour ancrer l'idée qu'il s'agit d'un coup monté.] Tu as vu ces chiffres de l'Onu, c'est sérieux l'Onu non, ils montrent que la majorité du cannabis consommé en Europe vient du Maroc, ce faux royaume, allié de la France et dirigé par un pantin sans moralité [ensuite, faire la jonction avec la huitième branche dédiée au complot mondial visant les musulmans les plus sincères]. »

Saleh accorde une faveur. La suite des lectures et corrections attendra demain 6 h 30. Quartier libre. Les membres de la brigade s'éloignent en direction de la cour, pour leur permission du soir, soixante minutes de bavardages en plein air. Près de l'espace grillades, un réchaud maintient à température des litres de thé brûlant. Saleh et Anis sont restés seuls là-haut dans les bureaux, encore éclairés par quelques bougies. Par temps clair, on se méfie des ampoules de soixante-dix watts, dont les halos lumineux scintillent vus du ciel. L'émir se balance maintenant sur sa chaise, croise ses pieds sur la table face à lui. Ses traits se détendent. Il allume une cigarette. C'est pas mal Anis, la grille de profilage fonctionne de mieux en mieux.

— J'ai une question. C'est curieux cet acharnement de l'état-major contre les Français ? interroge Anis. En 2003, c'étaient pourtant les plus hostiles à cette guerre des Américains en Irak. Celle qui a porté au pouvoir les chiites, hein ? En écoutant la déclaration d'Abou Mohammed Adnani de l'an dernier, on aurait cru que nos chefs de Daech les haïssaient autant, même davantage, que les Américains.

— T'as pas tort. Mets-toi à leur place. Les Américains nous énervent, c'est un Empire, qui dicte ses règles, et nous, contents ou pas, on est une des provinces de l'Empire. Plus ou moins récalcitrante et autonome selon les moments, mais une province. Régulièrement, à la tête de l'Empire, y a un président qui ne jure que par Dieu et cherche à maintenir son commerce. Mais que les Américains décident de nous mater ou de parlementer, c'est toujours de business qu'on parle à la fin. On s'arrange avec de telles personnes, c'est une question de temps.

— Et les Français ?

— C'est différent. C'est aussi une province de l'Empire américain, mais ils ne font rien comme les autres. Moi je m'en fous. Mais sois-en sûr, pour nos imams et pour beaucoup de gens dans le Golfe, les Français représentent un peuple dangereux. Ils les effraient.

— Sans blague ?

— Parce que tu vois les choses comme un Maghrébin des grandes villes, qui a étudié et vécu en France. Tu ne viens pas d'une vieille famille salafiste.

— C'est parce qu'ils ont été les premiers à interdire le voile intégral, interroge Anis, ce genre de trucs ?

— C'est plus compliqué. Oui, ils se moquent de leur propre Dieu, leurs lois les autorisent à caricaturer les prophètes, pas seulement Mahomet, ils défendent la laïcité, se réclament athées. Ils contrarient les religions orthodoxes qui veulent prospérer chez eux, par exemple en limitant le voile. Mais ça, ce ne sont que des accrocs, des différences visibles. Que l'on met en avant pour faire monter la pression. La critique de la laïcité, ce n'est qu'un moyen pour enflammer les esprits. Y a des motivations plus profondes. Le principal problème des Français, c'est qu'ils soutiennent l'idée de progrès et ambitionnent d'obtenir le salut de l'humanité grâce à une large diffusion des droits de l'homme. Ils se disputent même toujours entre eux sur le moyen le plus rapide d'y parvenir. Tu te rends compte de la controverse ? Pour les Français, le temps qui s'écoule apporte des explications, la connaissance, et permet aux peuples d'accéder à de nouveaux droits. Une abomination ! À l'école, ils acquièrent même un regard critique sur la fabrication de l'Histoire, y compris de leur propre histoire, sur Dieu, pour eux l'avènement de l'islam en péninsule Arabique n'est qu'un roman parmi d'autres. C'est pour ça qu'ils se mêlent de tout. Le souci, c'est leur projet universaliste, qui concurrence directement celui de l'islam. Une hérésie absolue. Pour nos imams salafistes, ils méritent encore moins de pitié que leurs aïeux, les croisés du XIIe siècle. Ceux-là au moins priaient le Dieu d'Abraham. Quant aux Américains, ils s'en remettent également à Dieu dans leur constitution.

— Et donc, c'est mort ?

— Crois-moi. Avec ces gens, on ne peut pas se comprendre. Si tu dis à un Français que « salafia » signifie « ancêtre », qu'être salafiste, c'est s'efforcer de vivre comme au temps du Prophète et de ses premiers successeurs, donc comme aux environs du VIIIe siècle, en appliquant le droit islamique en vigueur à cette époque, sans rien changer, comme les imams de Daech le prescrivent, eh bien il pige pas le Français, tu l'as perdu, il croit que tu veux le ramener à l'âge des cavernes. Y a pas modèle plus opposé au nôtre.

— Et donc, on leur déclare la guerre pour ça ?

— Ben ouais… Pourquoi, ça te pose un problème ?

— Non, non émir ! J'aimerais juste savoir pourquoi ils insistent tant sur les recrues françaises, pour prévoir le travail.

— Pour pas que ça fasse des émules, pardi ! C'est notre hantise. Ça a contaminé beaucoup de familles de culture musulmane installées en France. Dans leur pays, les autorités s'inquiètent de la présence de quelques communautés salafistes. En réalité, nos imams s'affolent davantage du succès de leur modèle auprès de populations d'origine arabe. J'ai vu les chiffres. Les familles originaires de l'immigration restent minoritaires dans les mosquées salafistes.

— C'est pour ça que les religieux nous mettent la pression ?

— T'as pas idée ! Y a aussi peut-être des histoires de promesses militaires non tenues en Syrie. Disons... C'est la contrepartie de nos accords avec certains imams salafistes. Ils nous aident à atteindre nos objectifs, pour remettre la main sur des territoires et des organes politiques, et de notre côté, on les aide à préserver leurs visions du monde et à contenir leurs concurrents idéologiques. On partage des intérêts, quoi...

00 h 45. Les autres dorment. Anis tire le verrou de sa chambre. Plus un bruit dans les couloirs du bâtiment. Il s'assied à sa table, près du lit, devant l'un des ordinateurs portables de la brigade. Il doit le réparer. Dès le premier jour, il s'est proposé de seconder les techniciens pour les réparations les plus simples – la correction de bugs, le changement de quelques pièces. Ça soulage Steeve, l'expert technique désigné par Saleh, débordé par les opérations consacrées à la sécurité des systèmes. Sous ses

yeux, posée à l'envers, écran refermé, c'est une machine de l'équipe des réseaux sociaux. Il attrape dans le tiroir le trousseau des cinq tournevis de précision et démonte le capot. La pile BIOS de la carte mère est à renouveler, des paramètres système disparaissent, l'horloge s'arrête ou affiche des dates fantaisistes.

Le tournevis aimanté soulève le dernier écrou. Merde, il tremble. La minuscule pièce roule sur le plancher. C'est bête, elle tombe dans un gouffre de trois centimètres, une fissure dans le bois. Tant pis, il faut faire vite. Il passe sous le métal une feuille plastifiée pour achever de déboîter le cache. Ça résiste. Il allume le séchoir à cheveux et l'approche, les joints s'assouplissent, les traces de colle se liquéfient. C'est un Asus d'au moins sept ans, archaïque mais suffisant pour les actions de propagande conduites ici. Voilà, la pile au lithium est accessible, minuscule rond chromé, de la taille de l'ongle d'un pouce. Retirer et changer. Remettre en place le disque dur. Se décontracter, tendre l'oreille, ne pas perdre un instant, sans se précipiter, demeurer discipliné.

Les composants électroniques restent à l'air libre, posés sur la table. Il bondit vers le lit, renverse le matelas et hisse de quelques centimètres la grille métallique servant de sommier. Dans le sens de la largeur, le montant principal de la literie se disjoint après deux trois percussions, paume de la main ouverte. Ça sonne creux. L'index d'Anis y pénètre, en retire un sachet plastique, calé là, avec à l'intérieur, de la taille d'une pièce d'un euro, un circuit intégré pourvu de deux orifices cuivrés. C'est une carte

Wifi, récupéré dans le bac des composants électroniques, sur les étagères de l'espace de travail où s'empilent les fils électriques, les fers à souder et les pièces de rechange indispensables au fonctionnement de la brigade. Elle y a été jetée par mégarde. Une étourderie. Anis l'a découverte deux semaines après son installation. Les ordinateurs de l'imprimerie sont débarrassés de leur module Wifi sitôt arrivés. Normalement, pour se connecter à Internet, il faut les brancher en filaire au système de surveillance de Saleh, qui analyse le trafic, enregistre tout.

Anis remet en place le matelas et fixe la carte. Deux centimètres carrés verts, avec deux points de soudure. Sans elle, impossible de se brancher à un réseau sans fil dans le voisinage. Un sésame, le moyen de se raccorder au monde en toute liberté, mais l'assurance d'être brûlé vif dans une cage s'il est repéré. De l'autre côté de la rue, le logement au-dessus de la boulangerie dispose d'un accès Wifi d'une puissance suffisante, avec un mot de passe enfantin. Les chiffres de neuf à zéro en ordre décroissant. Essentiel, veiller au temps. Sa connexion durera sept à huit minutes, et après il faudra effacer les traces de cette activité dans le journal de bord et les registres du PC. Cinq heures de sommeil resteront, le minimum pour demeurer vigilant le lendemain, éviter les impairs.

9

26 octobre 2015. À Tunis, les petites dorment mais quelque chose résiste à cette nuit sans lune, sans étoiles. Une échappée de lumière se dégage d'une porte entrouverte, une lame orangée, le noir en transit, entre deux mondes.

Cette clarté qui s'obstine provient de la chambre de Charifa. Sur la couette, Meriem allongée, mains croisées derrière la tête, parcourt pour la centième fois chaque partie de cette pièce. Ma chérie, tu me manques tant ! Quand elle entrait le soir pour l'embrasser, Charifa se tenait ainsi étendue, elle scrutait des points de son espace, mais lesquels ? Son placard de vêtements, la bibliothèque du coin bureau, les étagères des maquettes d'architecture ? Leur construction l'accaparait, tous les jours après les cours, quand elle était en première et en terminale, moins par la suite. Meriem compte ces modèles réduits ; il y a une reproduction de la villa Noailles de Mallet-Stevens, de la maison Farnsworth de Mies van der Rohe, elle a oublié le nom des autres, si, au fond, c'est la résidence sur la cascade d'un grand architecte américain, comment s'appelle-t-il ? Un soir à table, Charifa a raconté sa vie… Dans la rangée du bas, une sixième fabrication attend. Des plaques de balsa, de carton plume, un cutter et un pinceau pour la colle jonchent la surface de découpe. Deux murs de dix centimètres se hissent devant les outils, squelette sans chair, quatre étages inachevés, chantier interrompu pour une durée indéterminée, sans nouvelles du maître d'œuvre.

L'architecture c'était sa vocation. Non, ne pas en parler au passé. Personne de sa génération ne décroche un travail dans ce secteur. Il fallait s'engager dans un métier, même ses professeurs l'ont exhortée à accepter ce contrat chez Telemarket, offert par tonton Anis, ouvrez les yeux mademoiselle, les problèmes de la Tunisie ne se résoudront pas en un an, si une carrière vous attend dans cette entreprise, foncez, les occasions se font rares ! Quelques semaines après son embauche, elle ne disait plus rien de ses rêves de perspectives géométriques, de fil à plomb et de pierres polies. Jamais elle ne commentait ses journées chez Telemarket. Elle ne rapportait aucune anecdote du bureau, mais ne paraissait pas triste. L'était-elle ? Le soir et le week-end, elle s'attablait devant son ordinateur et croquait des maisons et des établissements collectifs en trois dimensions, à partir de SweetHome 3D, le logiciel d'architecture gratuit.

À gauche, près de la fenêtre, il y a cette affiche du film *Man on the Moon* de Miloš Forman, encadrée. Les montants, bleu nuit, elle les a peints. Elle a montré ce long métrage à toute la famille, sur la trajectoire d'Andy Kaufman, une vie consacrée à dynamiter la société du spectacle. À se moquer des codes. À détourner les fictions que l'on sert aux peuples. Au-dessous, elle a scotché la photocopie d'un article de 1981 du magasine américain *Rolling Stones*. Elle n'était pas née. C'est un entretien avec l'artiste. Un feutre fluo jaune a souligné des phrases. « *What's real? What's not? That's what I do in my act, test how other people deal with reality.* »

À quand remonte le dernier dîner avec des éclats de rire ? La dernière discussion apaisée ? Quand ? Meriem se raidit, impossible de fixer une date. Les huit mois précédant son départ, leurs relations se bornaient aux questions d'intendance, des commentaires sur l'actualité, pas de confidences, ni d'interrogations sur des affaires de cœur. Peu de querelles non plus, encore moins de provocations. Même quand tonton Anis passait, elle maintenait une distance. Cachait-elle des états d'âme ? Retenait-elle ses griefs ? Oui, mais de là à rallier des groupes armés et à porter un voile intégral, faut qu'on m'explique !

Chez les autres, les pères et les mères de Tunis ahuris face au drame, les mêmes réponses manquent-elles ? Meriem n'a rien perçu, ne s'est pas inquiétée pour sa fille, surtout depuis qu'elle avait un emploi stable avec un salaire correct, elle l'a dit à la juge, qui lui a adressé un regard réprobateur, un regard à vous expédier un procès ; non, les attitudes de Charifa ne l'alarmaient pas, et puis les journées à l'hôpital l'assommaient, et à 18 ans les adolescents se détachent de leur famille, c'est dans le cours des choses, comment imaginer ?

Oui, comment ? Les plus âgés parlaient toujours de la révolution du Jasmin, de ses retombées, de ses prolongements, une aventure partie d'ici, de leurs amis, point alpha d'une libération des populations arabes, tellement grande, tellement inespérée, un de ces mouvements telluriques propres à dérégler les pendules. Les heures légendaires de janvier 2011 absorbaient le temps. On y revenait dans les conversations, les plaisanteries, dans le moindre commentaire de l'actualité, tantôt joyeux d'un changement à l'œuvre, tantôt amers face à la paralysie. Charifa, elle, répondait à un message, servait à boire, s'éloignait dans la cuisine dans ces moments où les vieux, les parents, les tontons célébraient en boucle ce printemps-là.

Comme les autres enfants du millénaire, Charifa croyait à leurs slogans criés quelques années plus tôt. Ben Ali dégage ; démocratie tout de suite ; le peuple souverain ; un partage équitable ; pas d'ingérence étrangère ; priorité à la jeunesse ; fini l'oligarchie. Des banderoles devenues des mantras, pris au pied de la lettre, inscrits dans les mémoires, pourquoi y aurait-elle échappé ? À 15 ans, n'accompagnait-elle pas la famille aux *sit-in* avenue Habib Bourguiba, lors des journées de manifestation contre Ben Ali ? Dans le tumulte, cette métamorphose des adultes à l'échelle nationale rédigeait un livre sacré à l'attention des enfants, un autre, une ligne de conduite ligne de vie, un chemin vers le paradis pour les ados de ces années-là. Ils grandiraient avec un appétit insatiable de justice et d'égalité.

Debout sur l'embarcadère, ils les ont contemplées de loin, ces deux vertus, elles sont en train d'arriver, elles accosteront bientôt, un jour elles se présenteront, soyez sages. Quand Charifa a-t-elle perdu patience ? À quel moment ce désir s'est-il mué en une envie de renverser la table, et d'abord de contester les aînés, les porteurs de récits ? D'exploser le sablier qui invite à temporiser, récite des niaiseries sur l'avantage des années écoulées. Allez au diable les révolutionnaires, les islamistes, les ministres du progrès, les démocrates décatis, tous des trafiquants en narration, des industriels de la promesse, maîtres des scripts !

En peu de temps, espoirs et images d'enfant se sont évanouis. Tonton Anis, au cours de leurs promenades discussions dans le parc du Belvédère, assurait des cours particuliers d'histoire politique. Il vantait les futures libertés publiques, les projets d'émancipation. Sa Tunisie à lui n'existait pas en dehors de l'enceinte du parc. Pire, au-delà des grilles, de sombres parcelles gagnaient en superficie. Les plus vieux ne les distinguaient pas. Ils entretenaient des légendes, réfugiés dans la mémoire de leur révolution. Charifa ironisait. Enfermés dans des tractations interminables, les démocrates et les progressistes ont été incapables de construire une alliance pour diriger le pays. Contrairement aux autres… Le numéro deux du parti de la renaissance islamiste Ennahdha a accédé au poste de chef du gouvernement. Son administration a légalisé le groupe salafiste Jabhat al-Islah. Leurs partisans ont pris d'assaut la fac de lettres de la Manouba ; le drapeau noir de la charia a été accroché au sommet du toit. Ils serinaient une idée, aux abords des mosquées, sur les marchés, dans toute la société, la nécessité de réformer le Code du statut personnel de 1956, seul garant de l'émancipation des filles en Tunisie. C'est un héritage de la dictature de Ben Ali, disaient-ils. Des centaines de milliers de crétins les applaudissaient. On lui faisait ça, à elle, à Charifa, à ses petites sœurs, à sa mère, à son arrière-grand-mère, à toutes les autres, à Bchira Ben Mrad héroïne de toutes les Tunisiennes… Et pendant ce temps, les forces de progrès la bouclaient. Le pays partait en sucette.

À 18 ans, trois ans et demi après les événements, à la maison et dans les cafés, Charifa les entendait encore ressasser leurs exploits de janvier 2011, enfermés dans le passé, sans réactions, sauf si une énième augmentation des prix les affolait. Ils répétaient des promesses trop grandes, constataient le niveau de chômage record, les fluctuations de la monnaie, les cartels qui contrôlaient encore l'importation du thé et des biscuits ou les exportations de légumes vers l'Europe, l'impossibilité pour les jeunes de vivre sans assistance familiale. Tiens, quant à l'Europe rêvée, là-bas, les tomates séchées tunisiennes se tassaient dans des pots de verre mystérieusement frappés de la mention « *made in Italia* » - c'était ça l'aide de Bruxelles ?

Charifa ne supportait plus les sermons, elle voulait des actes – et aurait aimé aussi revoir son père, écouter son point de vue, entendre sa voix rassurante, mais non, égaré celui-là, comme la justice et l'égalité. Les vieilles choses n'étaient plus fiables. Ousman, en comparaison ? Une délivrance et une beauté. Lui refusait d'assister à l'écroulement général sans agir, il ne feignait pas l'indifférence, ne trichait pas, ne dissimulait pas ses incertitudes, ses craintes, consentait à ne pas garder le contrôle. Et il ne loupait aucun rendez-vous, arrivait à l'heure. Charifa a succombé à cette authenticité, et à ses lèvres charnues, à sa peau soyeuse dans le dos et sur les fesses, et à ses yeux rieurs, depuis le jour de leur rencontre sur la plage de Marsa, où elle était venue se baigner avec d'autres lycéens.

Je bafouille pas d'habitude, sauf que là tu m'impressionnes, j'adorerais parler avec toi de trucs sans importance, et puis de sujets qui comptent mais je ne te connais pas. Il a dit ça d'un trait, sans calcul, entre deux serviettes qu'il rangeait pour un hôtel du bord de mer, après lui avoir assuré que la température de l'eau augmentait, au-dessus de vingt et un degré depuis hier après-midi. T'as vu, dans ce pays y a que le mercure qui bouge, et encore on lui demande poliment. Ils ont étouffé leur rire, des responsables de l'hôtel observaient, plus près des clients s'attablaient.

Ousman, lui, engageait des conversations sur l'égalité et le partage, simples, directes, sur la justesse des mille réformes débattues depuis la fuite de Ben Ali et de sa famille, le clan des Trabelsi. Il soupirait de la lenteur des transformations, s'en remettait au Très-Haut, dans le doute, on est frères et sœurs devant Dieu après tout. Ils ont imaginé comment améliorer le quotidien des gens de Tunis. Sans se risquer à débattre des histoires de couple et des envies nouvelles ; Ousman amoureux éludait le sujet, tant que ses parents établis à la campagne ne se doutaient de rien. Charifa, elle, aimait qu'une personne de sa génération réfléchisse sans répéter les avis entendus à la maison ou à la mosquée, bons à justifier la fortune ou les problèmes.

Dans les veines d'Ousman coulait une histoire tumultueuse, et des traces de poudre. Son père, dans les années quatre-vingt, avait abandonné les chantiers de BTP et rejoint l'Afghanistan en compagnie d'une douzaine de maçons et d'anciens militaires, pour se battre contre l'URSS, aux côtés d'autres guerriers musulmans. Il y était resté six mois avant de revenir à Dehiba, au moment de la naissance du grand frère. Devant ses enfants, il contait ses aventures le soir après le dîner, ses semaines dans les montagnes afghanes, dans le sud-est du pays, à observer les mouvements de l'armée rouge et à rendre compte à ses chefs. Ousman écoutait, l'œil brillant, le timbre paternel vibrait davantage qu'à l'accoutumée. Les hauts plateaux d'Asie centrale, les ruisseaux, la neige décrivaient un espace de liberté, un horizon différent, où son père avait été quelqu'un d'autre que cet homme aux cheveux gris, aux vêtements maculés de peinture et de plâtre, le soir après les travaux. Dans ce lointain, il avait échappé à des monstres, manié des missiles portatifs sol-air, bataillé contre l'ennemi. C'était sa fugue salutaire, à ne pas divulguer en dehors de la maison, sauf aux proches, aux meilleurs amis, la police de Ben Ali pourchassait les partisans des moudjahidines afghans, le secret devait être gardé. Devant la petite mosquée salafiste, le vendredi, l'imam parfois traversait la rue pour le saluer. Il demandait des nouvelles, murmurait à son oreille. Ousman serrait plus fort la main de papa.

Un soir, Charifa a trouvé son amoureux chamboulé, presque distant. Il venait de téléphoner à son père. La bouche et les yeux d'Ousman se sont durcis. Il a dit qu'il fallait se marier, mettre un terme à leur relation clandestine. Leur amour, si grand, ne craindrait rien une fois qu'il serait officiel. Il fallait s'installer et prendre un studio à Tunis. Mais l'argent manquait. Ousman en a bafouillé, a suggéré qu'ils pouvaient emménager dans le village de Dehiba, là-bas ses parents offraient un deux pièces, au sous-sol de la maison familiale. Non. Inconcevable. Malgré ses sentiments, elle n'irait pas s'établir chez ces paysans, loin de la capitale, parmi des arriérés contents de prier toute la journée et de vivre à la saoudienne, la télé en permanence allumée sur les prêcheurs des chaînes de télé du Golfe – qui condamnent les juifs, les décolletés, la vie de célibataire, le cinéma européen, le sexe avant le mariage et les chiites. Le contrat de travail de Telemarket devait être préservé, a-t-elle objecté. Ça a marqué l'arrivée de tempêtes dans le cœur d'Ousman, il a allégué des principes rabâchés depuis l'enfance. Des ordres supérieurs, des serments.

Meriem explore ses souvenirs, en quête de réponses. Sa fille aux côtés des soldats de l'État islamique ? Ça ne s'explique pas. Elle le redira à la magistrate, demain.

D'abord, sortir du métro pour une réunion avec les deux journalistes d'*Assabah* et le défenseur de son frère, Me Soufiane. Elle a consenti à les rencontrer. Depuis la parution de sa photo dans leur média, prise dans les couloirs de l'hôpital, dans la rue parfois des inconnus la reconnaissent et l'insultent. L'avocat a insisté. Voir en tête à tête les gens de ce journal permettra de défendre un point de vue plus juste, nuancé, afin de réduire le flot de condamnations qu'ils lancent, répétées par d'autres, tous désireux de ne pas être suspects de faiblesse. Oui, Meriem aimerait que ça s'arrête.

Elle s'assied au café, commande une citronnade, et puis espère. Des révélations, des détails qu'elle ignorerait, ces journalistes exercent une telle influence, ils disposent nécessairement d'informations non publiées qui aideraient à comprendre, à organiser le retour de Charifa. On commente les embouteillages, les températures annoncées en bord de mer pour la fin de journée. Le serveur revient, dépose les boissons sur la table ronde. Et ça commence. Meriem se paralyse. Ils se trompent dans les dates de naissance de Charifa et d'Anis, confondent le parcours de son frère avec celui d'une autre personne, déforment le contenu de la vidéo d'allégeance de sa fille. Ces types se contentent d'éléments épars, n'ont pas de rigueur. Ils administrent un tribunal populaire. Le premier à l'avoir saluée, la quarantaine barbue, le ventre flasque, arbore un sourire systématique, une façade à vous gérer une concession automobile. L'autre ne montre rien ; c'est un camaïeu de gris incarné, aux cheveux anthracite coiffés à la verticale, une peau aux reflets poussière. Et Me Soufiane qui les flatte, les traite en amis. Son frère s'en est remis à cet avocat pour protéger sa réputation…

Meriem participe à cette mise au point. Soit ! On l'a priée de venir, elle est là, a traversé Tunis pour ce salon de thé, mais elle n'a pas dit qu'elle parlerait, elle n'a pas de réponses, rien, sauf l'envie d'écraser leurs sales petites gueules. Elle évite les regards, préfère se taire. Me Soufiane les contredit poliment, s'offusque, brandit des arguments, pas toujours les bons. Il invente des difficultés financières à Anis, une solitude familiale. Elle secoue un peu la tête. Ses interlocuteurs noircissent leurs blocs papier, les imbéciles préparent une suite de leur article, il faut alimenter le feuilleton. Ces hommes apostrophent et se mettent en scène pour préserver les apparences, assouvir leur quête de célébrité dans la peau de justiciers.

Meriem se revoit petite avec Anis, et grand-mère Aïcha qui les a élevés, quand ils marchaient dans les ruines romaines de Dougga, à une heure de Tunis. Elle leur avait appris à les confondre, ces gens dont les intérêts sont maquillés en vérités générales, qu'ils dispensent à coups de leçons de choses. Dans la vie, les enfants, vous ne vous laisserez pas impressionner. De tels spécimens ne cherchent qu'à régner sur les foules. Ces journalistes préfèrent par-dessus tout leur cuisine où se mijote l'opinion. Écrivez ce que vous voulez. Ça ne m'intéresse pas.

10

1er décembre 2015, 3 heures du matin. Dans le service, les patients dorment ; personne ne l'importunera, au moins jusqu'à 5 heures, lorsque la douleur réveillera le type de la 211, un cancer du pancréas. Meriem s'assied devant le bureau de permanence et applique à la lettre la procédure apprise avant le départ d'Anis. Elle se connecte au site tutanota.com, un service de messagerie cryptée géré par des militants allemands. Elle entre les coordonnées de l'adresse créée avant son départ. Ils emploient la même, lui en Irak et elle en Tunisie. Sur la page d'accueil de ce courriel, il faut ouvrir le dossier des brouillons, c'est là qu'ils enregistrent leurs échanges. Sous ses yeux, se succèdent des messages jamais expédiés, sauvegardés sur ce serveur installé dans la banlieue de Hanovre. En guise de correspondance, chacun dépose un nouveau brouillon. Meriem communique ainsi avec Anis depuis le début de son expédition à Fallujah, pour retrouver et ramener Charifa. Cette messagerie cryptée c'est leur trait d'union. Double clic sur le dernier texte déposé la veille.

« Je me suis arrangé avec quelqu'un, un technicien de la brigade qui a les moyens de suivre sa trace grâce à un téléphone qui a été confié à Charifa. Ce n'est pas possible d'avoir son numéro, et donc de l'appeler, mais j'aurai sa géolocalisation. Elle est en réalité partie pour un garçon, c'est certain. Mais je ne sais pas lequel a voulu rejoindre l'autre, c'est pas clair. Je travaille à provoquer des retrouvailles. Il me faut juste du temps. Tout est si compliqué ici, à cause d'une surveillance permanente. Mais j'ai bon espoir… Essaie de te reposer un peu. »

Elle ferme le navigateur Internet, efface les indices de sa connexion, comme Anis le lui a montré. Une expiration traverse son buste, elle étend ses coudes sur le bureau, son dos s'arrondit, ses muscles s'amollissent.

Dix mois que Charifa a disparu, sept mois que son frère est parti pour la ramener de cet enfer, et une deuxième bonne nouvelle arrive, après la photo du magazine. Ma grande fille en vie, à portée de main, Anis l'a dit. Il entrera en relation et la rapatriera. Elle repousse le clavier de l'ordinateur et s'endort contre le bois, visage tourné sur le côté.

Pour la première fois, la juge Maarouf est descendue l'accueillir à la réception. Ça change. Merci Meriem de vous être déplacée ce matin, je sais, ce n'est pas facile avec vos horaires de nuit à l'hôpital. Au deuxième étage, après une coursive, elles pénètrent dans l'espace des services antiterroristes. Des types armés hochent la tête, sympathiques. Elles longent le bureau où d'ordinaire se déroulent les auditions. Plus loin, la magistrate pousse la porte d'un salon aux murs beiges zébrés de soleil, à cause des stores. Il y a un canapé et des chaises, un meuble bas avec du thé et des biscuits. Dans un vase à marée basse, des fleurs en plastique s'élèvent, raides, des marguerites comme on en voit en Europe, pétales jaunâtres sous un voile de saleté. Trois policiers arrivent, ils travaillent pour la juge Maarouf sur les filières de recrutement de l'État islamique. Meriem s'en rappelle, ils participaient au premier interrogatoire. Ils s'enquièrent de la santé des petites. Du sucre dans votre thé ?

— Nous avons achevé de vérifier les données de votre frère, que vous nous avez transmises il y a trois semaines, débute la juge, regard plongé dans celui de Meriem.

— Et alors ? Vous avez décidé de nous faire confiance ? D'admettre qu'Anis est juste allé récupérer sa nièce ?

— C'est plus nuancé… En résumé, nous retenons cette hypothèse. Ce qui est un grand pas. Évidemment, la lettre qu'il a déposée au tribunal avant son départ, pour justifier ce… disons voyage, plaide en sa faveur. C'est ce qu'on voulait vous annoncer aujourd'hui. Même si nous allons continuer à enquêter et à interroger des témoins, en gardant également à l'esprit les autres hypothèses.

— À quoi doit-on ce changement ?

— Aux éléments remis la dernière fois. On a procédé à une vérification poussée des adresses IP et des coordonnées électroniques envoyées par votre frère, grâce à une collaboration avec les Américains. Ce sont bien des sites Internet et des comptes sociaux gérés en secret par une seule et même unité de propagande de l'État islamique, installée à Fallujah… Très active pour attirer des jeunes. Ça colle ! Ce sont des renseignements judiciaires de valeur. Des collègues les utilisent déjà dans d'autres procédures…

— Vous voyez ! Et pour Charifa, la coupe Meriem, où en est-on ?

— Bien sûr, Charifa. Il y a du nouveau ! Du bon et du moins bon. Ses anciens amis, en audition, contestent qu'elle ait adhéré pleinement à un mouvement djihadiste. Pour eux, elle cherche à récupérer son fiancé, envers et contre tous. Ils disent que ça lui correspond, qu'elle ne fait confiance à personne. Ils décrivent une fille en colère, contre son pays, et aussi contre sa famille… Surtout contre sa mère et son oncle, des poltrons, embourbés dans leurs idéaux, incapables de bâtir, de se mobiliser pour les autres. Je cite. Les mêmes nous ont raconté ses actions politiques, lors de rassemblements hostiles aux groupuscules islamistes. On a récolté des images de ces épisodes. C'était dans le courant de l'année 2013, quelques mois avant son départ.

Elle saisit une chemise cartonnée, fait glisser les deux élastiques, en sort une liasse de photographies. Chaque cliché porte un tampon de la police judiciaire et un numéro de dossier.

— Là c'est Charifa, 8 février 2013, deux jours après l'assassinat de l'avocat Chokri Belaïd, l'adversaire des extrémistes religieux, au café où s'étaient réunis ses proches. On l'a trouvé sur le téléphone portable d'une de ses amies. Voyez ici… Charifa a suivi le cortège lors de l'inhumation de Belaïd, au cimetière du Djellaz. Sur ce gros plan, on dirait qu'elle pleure. Et là, une marche contre les groupuscules salafistes ennemis de Belaïd. Plus tard, vers le 30 juillet 2013, des collègues de son travail ont montré qu'elle protestait après l'autre attentat politique, le meurtre du dirigeant Mohamed Brahmi. Y a une vidéo où elle chante à tue-tête, avec d'autres, contre Ansar Ech-Charia, le mouvement islamiste anticonstitutionnel. Disons… les paroles de la chanson ne laissent pas trop de doutes sur ses convictions.

— Vous avez recueilli beaucoup d'éléments comme ça ? se risque Meriem.

— Oui. D'autres détails qui, sans la disculper, tracent un portrait éloigné des terroristes auxquels nous sommes confrontés d'habitude.

La juge Maarouf sort un ordinateur portable, se connecte à un blog. Des pages défilent en accéléré, mises en ligne quelques mois après les attentats contre *Charlie Hebdo* à Paris. Les auteurs du site, anonymes, se présentent comme d'anciens élèves du lycée Pierre-Mendès-France de Tunis, certains ont pu fréquenter Charifa. Des photos des marches de solidarité sont publiées, avec des témoignages de Parisiens et de Tunisiens. Là, le long de la colonne de droite, ils ont ajouté des documents anciens, datant de leur scolarité, en relation avec la tragédie. Ouvrons ces liens au hasard, il y a des textes, des exposés consacrés aux caricaturistes, aux contestataires. Elle clique sur l'un d'eux. Surgit la photographie d'une copie double couverte de sillons à l'encre bleue. Meriem se penche, fronce les sourcils. Ça ne lui évoque rien. Elle insiste, se focalise sur l'attaque d'un paragraphe, distingue une majuscule, la jambe de cette lettre, son arrondi.

— Ça vous rappelle quoi, Meriem ?

— Ce sont les mots de Charifa ? Désolée. Je ne m'occupais pas de ses devoirs. Pas le temps.

— C'est son écriture. Aucun doute. Son prof de français nous l'a certifié, il a comparé, il garde des copies de certains de ses anciens élèves. C'était une composition à effectuer à la maison, en classe de première. Le thème ? Les dessinateurs de presse. Votre fille l'avait traité sous la forme d'un portrait de l'un d'eux, d'origine tunisienne, Georges Wolinski. Trois ans avant les attentats contre *Charlie Hebdo*.

— On ne parlait pas beaucoup de ce qu'elle faisait à l'école.

— Elle avait 15 ans et demi à l'époque. Le dessinateur avait édité un album sur la révolution du Jasmin. Dans ce devoir, Charifa le définit comme un esprit libre, affranchi des conventions sociales, des principes religieux étriqués. Lisez. Ce sont les mots de votre fille. Elle cite des extraits des mémoires de cet homme, sur son enfance à Tunis, rue de Marseille. Par exemple, ses émois érotiques lorsqu'à 9 ans sa mère l'a amené au hammam, il y a passé plusieurs heures avec des femmes nues, c'est très détaillé.

— On va pas vous mentir, interrompt un policier… Wolinski n'est pas exactement la personnalité préférée de nos candidats au *djihad*.

— Il vous en a fallu, du temps… Enfin des choses qui correspondent à ma Charifa. Une fille libérée, imprévisible. Et avec un sale caractère ! Ingérable. Et un peu provocante ! Tout ce que vous racontez, c'est sûr, c'est elle.

— Ne la croyez pas sortie d'affaire. Je dois vous prévenir ; ces éléments ne serviront pas à effacer aux yeux de la justice son départ vers l'Irak, et sa déclaration d'allégeance à l'État islamique. Si elle rentre, elle sera incarcérée au moins quelques semaines, trois mois peut-être, et longuement interrogée. Nous nous assurerons qu'elle n'a pas depuis le début organisé une sorte de double jeu. Mais ça n'ira pas plus loin.

— Dieu tout-puissant ! Elle réintégrera Tunis, promet Meriem. Et elle s'expliquera. Tout à l'heure, vous avez fait allusion à des éléments moins positifs. Qu'est-ce que c'est ?

— Ça concerne le cliché que vous avez remarqué dans le magazine de l'État islamique. On la devine dans une chambre d'hôpital, avec un autre garçon debout à l'arrière-plan. Bon… il s'appelle Ousman.

— Vous le connaissez ? se raidit Meriem, droite dans les canapés, la tasse dans une main posée sur un genou.

— Sa famille plutôt, et pas en bien ! Il est plus âgé qu'elle. Des services étrangers nous ont sollicités à son sujet. Le père d'Ousman a combattu du côté des djihadistes en Afghanistan, dans les années quatre-vingt. Il y était avec un homme de sa commune, un imam radical, proche du groupuscule Jabhet al-Isla. Plusieurs jeunes terroristes arrêtés ces derniers mois après les affrontements de Sidi Bouzid ont des liens avec ce religieux. Dans le dossier, deux de ses copines témoignent qu'elle et Ousman se sont connus à la plage, qu'ils se sont vus pendant plus d'un an. Après, il a rejoint son village natal, dans le Sud, près de la frontière libyenne…

— Comment interprétez-vous sa présence dans cet hôpital de Mossoul, aux côtés de ma fille ?

— Ousman est issu d'une famille salafiste militante, intervient un autre policier.

— Mais lui ? Les enfants ne sont pas des copié-collé de leur père ou de leur mère !

— Peut-être. Ses parents et leurs relations étaient surveillés sous Ben Ali. Plus maintenant. Leur idée, c'est de profiter du changement de régime pour instaurer la loi islamique. Ils ne s'en cachent pas. Suffit de les écouter sur les fils d'actu. Beaucoup encouragent leurs enfants à participer au *djihad* au Moyen-Orient. Pour échapper aux déceptions du Printemps arabe, il faudrait s'initier à l'art de la guerre. On pense qu'Ousman a subi leur influence. En tout cas, nos services de renseignement disent qu'il a rallié l'Irak le premier, après un crochet par la Libye, bien avant votre fille.

Meriem aimerait changer de sujet, se préoccuper d'aspects pratiques. Quel jour Charifa rentrera-t-elle ? De quel aéroport s'envolera-t-elle ? Bagdad ? Qui lui réservera son billet d'avion ? Pas le moment, pas réaliste. La juge Maarouf se rapproche, tend les bras, une main enveloppe le poignet de Meriem, l'étreint une seconde et se retire.

— Espérons et persévérons. À ce stade, Madame, on cherche à comprendre pourquoi une fille libérée qui adore Wolinski et manifeste contre les salafistes se retrouve embrigadée au sein de Daech, aux côtés de l'un des fils d'un djihadiste reconnu.

Elle a reposé sa tasse. Elles se lèvent et quittent le petit salon. On se promet de garder le contact, de se revoir bientôt. Meriem voudrait cependant régler un problème avant de partir.

— Avec la presse, qu'est-ce qu'on peut faire ? Toutes ces accusations, j'aimerais que ça cesse ! Ces journalistes d'*Assabah* exagèrent le moindre élément négatif et ignorent les pièces qui devraient inciter à la prudence. Tout ça pour vendre des abonnements et jouer les justiciers. C'est pas sérieux.

— Rien. Absolument rien. On ne fera rien, décrète la magistrate, tranquille, rangeant le dossier et l'ordinateur dans son cartable. D'abord, ce ne sera pas la première fois que des journaux accusent à la légère. Ensuite, leurs diatribes protègent votre fille et son oncle. Vous devez en être consciente. C'est une garantie désagréable, mais une garantie – qu'ils ne seront pas démasqués.

Et peut-être un moyen de pression, dont le tribunal profite ? Meriem le déduit en silence. Elle l'a senti tout à l'heure, à leur manière de parler des informations transmises par Anis puis corroborées par les Américains. Ils s'en félicitaient. L'un des policiers a dépeint Anis comme l'une des meilleures sources infiltrées dans l'appareil de recrutement de l'ennemi, dont le dévouement reste à confirmer.

Meriem imagine les louanges décernées à ces policiers par leur chef. Les fières démarches qu'ils adoptent dans les couloirs. Ils adoreraient que cette source ne se tarisse pas, que d'autres renseignements leur soient expédiés. Meriem a toujours désiré appartenir à la catégorie des personnes sans histoire, le genre à rêver d'une vie simple, à faire confiance. L'innocente.

11

Ce matin, Saleh a prescrit d'enclencher la phase ultime. Il est l'heure. Anis s'identifie sur le fil Telegram où l'attend Lila_93. Maintenant, il se dénomme Abou Tarek bin Zyad et fête son vingt-troisième anniversaire. C'est lui, Anis, le fiancé idéal, au cœur pur, dénué de mauvaises pensées. Lila_93 a déjà réceptionné une photo – à titre exceptionnel, lui a-t-on affirmé –, un garçon au visage doux montré de trois quarts, à la mâchoire saillante, aux yeux clairs, portrait d'un combattant originaire d'Asie centrale. Tué il y a six mois. Anis a collé la même photographie sur son ordinateur, pour y puiser l'inspiration lorsqu'il interprète Abou Tarek bin Zyad. Certains comptent jusqu'à huit photos scotchées autour de leur écran, guirlande d'appâts entourant la machine, le record c'est seize.

La semaine passée, Lila_93 a accepté de l'épouser, un imam les mariera demain en ligne, après réception de leur consentement par fichiers audio. Tout est en ordre. Ensuite, elle accomplira sa destinée ; mourir en se lançant à l'assaut d'une caserne de l'armée française, au volant d'une voiture piégée, l'âme en paix, unie à un homme pieux, quelqu'un de bien. Le script du profil « Vierge » a fonctionné, rien à dire. Après la troisième branche, Saleh a admiré. T'es doué Anis.

Dans le bureau de l'émir, il y a un tableau au mur, un carré blanc d'un mètre de côté, réservé à la persuasion des aspirants au suicide, où la progression de chacun d'eux est notée. La production de martyrs ne s'improvise pas, elle se programme. En haut figurent les personnes sélectionnées, avec leurs fragilités, leurs béances. En bas, celles parvenues avec succès au terme du parcours, prêtes à s'exploser quand on le commandera. Mardi dernier, le nom de Lila_93 a glissé vers l'ultime niveau. Elle y est un peu seule ; Saleh souhaiterait l'utiliser sans tarder, pas trop le choix par les temps qui courent. Les attentats contre les Français doivent se succéder à un rythme satisfaisant, sinon l'état-major rouspétera.

Fidèle à son personnage d'Abou Tarek bin Zyad, Anis délivre le dialogue adapté au profil. Il faut en finir, se prendre en main, cesser d'accepter ce qui nous fait mal. Franchement Lila_93, qu'est-ce qui nous retient ? Selon toi ? Sinon le manque d'audace, les habitudes, les règles apprises depuis l'école. Des centaines de preuves le certifient, l'islam de Daech offre un accès au paradis, le vrai, où s'épanouissent les gens comme toi et moi. Heureux d'avoir abandonné une société moralement corrompue. Où les âmes nobles sont tourmentées, agressées, où toujours sont moqués les vertueux et les vertueuses, parce qu'elles portent le voile intégral, le niqab, le seul, l'authentique, parce qu'ils refusent poliment de boire du vin, parce qu'ils désirent une vie saine dans les pas de Dieu. Donne-moi la main. Faisons-nous confiance. Je ne t'ai jamais vue autrement que sur ces réseaux, et pourtant je n'ai jamais ressenti ça. J'aimerais bavarder toute la nuit. C'est apaisant de constater que tu existes. Quelqu'un comme toi ! Je me sens tellement fier et comblé. Merci. Merci. Si tu savais… Tu es une pierre précieuse, non je n'exagère pas, je suis amoureux, j'ai trouvé ma moitié, un diamant préservé au milieu d'une terre souillée.

C'est là qu'elle a mordu. Quand l'animal se prend dans le piège, serre ton collet et observe, il devient ta chose.

Comme tu as dû souffrir ! Comme je suis honoré de te connaître, d'avoir le privilège de te parler. Je t'admire d'avoir enduré ces villes abjectes, où le libertinage tyrannise. Ainsi que le viol, les pornographes, les avorteurs, le sexe répugnant, où nos frères et sœurs sont insultés, où paradent les commerçants, les marchands, avec leur alcool et leurs friandises préparées à base de gélatine de porc, pour dévoyer le musulman, le sincère, l'honnête. Ta pureté intacte brille de mille feux au-dessus de cette société putride. Tu as mérité ta place au paradis des croyants, sois-en sûre ! Nos chefs religieux le disent, les terres merveilleuses du bonheur éternel t'attendent. Et auparavant… Brûlons-les, ces hordes de faux dieux, usurpateurs, envoyés du diable ! On doit les stopper. Ça a assez duré. Arrêtons-les ! Vous ne répandrez plus la prostitution, la drogue et les images dégradantes. Une punition s'abattra sur vous. Car désormais nous nous sommes reconnus, et luttons. Finis, ces corps dénudés, dans la rue, les magazines, les transports en commun, partout. Comment vivre dans de tels quartiers décadents, ma sœur ? Toi et moi avons besoin de rejoindre une autre histoire. Celle de nos pieux aînés. Vivre humblement, à l'image des disciples de notre prophète. Et jubiler de pouvoir périr en son nom, béni soit-il.

À quatre mille kilomètres, dans son studio de Lorient, Lila_93 a les larmes aux yeux. Elle se languissait de ce mariage. Franchir les grilles du céleste paradis et, devant Allah, comparaître célibataire la terrifiait. À cause de ses visions, la nuit. Dans ses rêves, elle a vu le joli visage et la démarche d'Abou Tarek bin Zyad, qui prononce les mots justes, se montre si doux. Dans le dernier, ils étaient tous les deux dans la maison de sa mamie. La neige s'entassait dans le jardin et sur le rebord des fenêtres. Abou Tarek grimpait l'escalier de bois, nu, ne portant rien d'autre qu'une tasse de thé brûlant, ses fesses et l'arrière de ses cuisses se contractaient à chaque marche, leurs muscles s'allongeaient et s'affermissaient, se relâchaient, recommençaient. Là-haut à l'étage, elle le retrouvait et s'étendait à ses côtés sur un matelas ; tandis que ses yeux parcouraient la peau de son ventre, le sexe d'Abou Tarek augmentait de volume, se courbait vers le haut, se raidissait. L'abomination. Choquée, elle s'est réveillée. Des songes dégradants me mettent à l'épreuve, il est temps que le mariage soit célébré. Que tout se termine. Qu'Allah me libère de ces pensées qui me hantent.

Elle a occupé les dernières quarante-huit heures au nettoyage. Une odeur de détergent citronné flotte dans la pièce, la cuisine est récurée, le réfrigérateur vidé, débranché et ouvert. À partir de demain, elle se nourrira de sandwichs chez Subway, pour ne pas salir.

Elle vient de poster un fichier d'une centaine de mégaoctets. Il y a d'abord la phrase rituelle de son accord, pour leur union. Et la vidéo de son message de revendication, à mettre en circulation après sa mort, captée en haute définition, les chaînes d'information en continu préfèrent. Elle y parle, au passé composé, des soldats du régiment d'infanterie de marine contre lesquels elle aura perpétré son attentat. Les brigades de propagande diffuseront la vidéo dans la soirée, depuis Raqqa et Fallujah, quand les médias français achèveront le récit des opérations de secours, après le décompte des morts et des blessés. Pour triompher quand les autres pleurnicheront, louer leur guerrière, la montrer en exemple. Nouveau message d'Abou Tarek :

— À quoi tu penses maintenant ?

— À rien. Je ressens de la paix ! Demain, j'accéderai au martyre… Enfin !

Il y a deux jours, trois moudjahidines se sont présentés, pour les aspects techniques. La rencontre a eu lieu derrière la gare, et puis direction la maison des grands-parents de Lila_93, inoccupée, dans une bourgade paysanne, à vingt-cinq kilomètres du centre-ville de Lorient. À l'intérieur du garage, ils ont équipé une Kangoo d'occasion achetée 4 000 euros grâce à un prêt à la consommation.

Elle a préparé du café et assisté en silence. Ils ont soudé des cales en acier, dans la partie arrière, avant d'arrimer quatre bonbonnes de gaz. Des sacs-poubelle de cent litres remplis de clous ont été encordés autour. Le harnachement rompra dans les premiers centièmes de seconde, projetant au loin les pointes meurtrières, sur un large périmètre elles faucheront, tailleront, amputeront. Une soixantaine de bouteilles en plastique remplies d'essence ont été suspendues sur les parois latérales. Au même moment, des geysers de flammes jailliront du véhicule, l'éclateront de toutes parts.

Ma sœur, tourne ta tête par ici, ont-ils lancé à la fin. Le centre névralgique de l'installation réside là. Au milieu des bouteilles de gaz se tient, de biais, un pain de plastic, de quinze centimètres, connecté à un boîtier électrique qu'alimente une pile de 9V. Il y a un interrupteur, une simple sécurité, il bloque l'ensemble. Tu le relèveras le jour de l'attaque, on a écrit le chiffre 1 dessus, en noir. Près du levier de vitesse, on a fixé un autre interrupteur, il porte le chiffre 2, en rouge. Il suffira de pousser ce dernier vers le haut, uniquement quand tu seras au contact de l'ennemi. Elle a bien écouté, observé les indications, attentive. L'explosion sera instantanée. Tu éprouveras un grand souffle chaud, mais pas de douleurs, et immédiatement tu apercevras au-dessus de toi, dans le ciel, un tunnel s'ouvrir, éclairé d'une lumière douce, vers laquelle tu monteras.

Dans l'imprimerie, Saleh se lève, il descend de la mezzanine. Des gardes l'appellent. On le réclame. Un facteur de l'état-major se présente aux abords de l'imprimerie, porteur d'un ordre. Message du haut comité militaire de Daech. Il faut l'identifier, visuellement, prêter l'oreille à la missive, destinée à lui seul, dont on ne conservera nulle trace. Verbaliser une réponse. L'émir ne reviendra pas avant une quinzaine de minutes ; pendant lesquelles ses yeux ne resteront pas rivés sur le système de surveillance des ordinateurs. Il ne verra plus en direct les billets rédigés par sa troupe. Anis s'est habitué à ses déplacements, aux rendez-vous liés à ses responsabilités. Coup d'œil sur l'heure. Vite rediscuter avec Lila_93 de la date de son opération.

— Je ne pouvais pas te l'écrire plus tôt, j'attendais une confirmation. Nous allons te demander de retarder légèrement ton action. Depuis le Bataclan et le Stade de France, on doit toujours viser plus haut. Pour blesser davantage la France, tu comprends ?

— Oui, mais…

— On vient de l'apprendre. Le chef d'état-major de la Marine française visitera la caserne en question, les lieux de ton objectif. Pour inaugurer quelque chose. Il y aura d'autres gradés avec lui et deux députés français spécialistes des questions militaires. Ce serait mieux de choisir ce moment, quand ils seront présents dans les bâtiments, tu me suis ?

— Ah. Oui… Mais ça change pas mal de choses de mon côté. Je n'avais pas prévu d'être encore en vie, je veux dire à cette date.

Elle réfléchit aux vêtements ; certains vont lui manquer. Elle a entièrement vidé sa penderie pour tout léguer, et a confectionné des paquets, déjà postés, à l'attention d'une ONG saoudienne. Sur la commode de la salle de bains, des habits forment une pile, pour deux dernières journées de vie, pas davantage. Elle se débrouillera, lavera à la main les tenues du jour. Les vêtements sécheront pendant la nuit, sur les radiateurs poussés à fond.

— On aura huit jours de plus pour mieux se connaître, pour apprendre l'un de l'autre, rajoute Abou Tarek. Avant d'être un jour réunis pour l'éternité, auprès d'Allah le miséricordieux, quand moi aussi je serai élu pour donner ma vie et porter le glaive contre les mécréants.

— Je vais m'arranger pour la date. Ça va.

— À demain alors. On se promet de se parler tous les jours à partir de maintenant ?

Dans l'entrepôt du rez-de-chaussée, où personne ne va, Anis et trois autres moudjahidines se fraient un chemin vers des grands rouleaux de papier, deux mètres cinquante de hauteur chacun. Le fatras qui les entoure doit être déblayé. Ils bougent des parties de meubles démontés, des bidons d'encre, déplacent des pièces détachées, des téléviseurs mis au rebut. Des cartons de munitions aussi, presque vides, de l'huile de vidange, un carburateur, un moteur démonté, une boîte à outils. Une voie se libère pour les cylindres blancs, soixante kilos l'unité. L'émir a ordonné de les transporter jusqu'à la rotative, sans les abîmer. Dans le centre et le sud de l'Irak, le papier manque, nul ne sait où s'approvisionner, pas un gramme ne doit être gaspillé. Le haut commandement ordonne de réimprimer le livre d'instruction des djihadistes, *Le Management par la sauvagerie*, de Mohammad Hasan Khalil al-Hakim, le théoricien égyptien des groupes armés, une référence. Les services de renseignement de l'ennemi surveillent les sites qui le propagent. Et manipulent le texte, ils rectifient des passages, en tronquent d'autres, avant de pister les sympathisants ou les membres qui le téléchargent depuis le territoire irakien. C'est déprimant, les forces chiites repèrent trop de combattants grâce à leurs lectures sur Internet. Les émirs des différentes brigades vont interdir sa consultation et distribueront des exemplaires papier, au contenu certifié. La Deuxième brigade de propagande en fabriquera un bon millier, un camion passera prendre livraison. Anis se place derrière le premier rouleau, qui culbute, des mains pivotent, le stabilisent à l'horizontale. Tout le monde inspire, il faut le hisser jusqu'aux épaules. Maintenant on l'apporte au pied de la rotative, où on calera le papier.

12

13 mars 2016. La circulation se densifie à nouveau entre ces villes emboîtées de Bagdad, Abou Ghraib et Fallujah. Attentats ou pas, boulevards et carrefours débordent. Il est 18 heures, la chaleur retombe, les embouteillages se reforment devant les barrages des forces de sécurité. Ça klaxonne, ça s'impatiente. Des murs de béton de trois mètres de hauteur sont érigés au milieu des rues, à la place des bandes blanches, pour comprimer le souffle des explosions. Mille-feuilles de ciment, derniers remparts qui séparent les voies et interdisent les demi-tours, les bifurcations, les changements de cap pour filer au plus court. N'importe quelle course en est allongée. Parfois ça agace ; moins qu'ailleurs. Si tu roules, si tu klaxonnes, tu es en vie, alors profite.

Près de l'entrée de l'imprimerie gardée par ses hommes, Saleh enfile une longue veste sale, élimée, celle réservée à des voyages de chef, escapades secrètes – interdiction d'en savoir davantage. Il se coiffe d'une casquette marron déchirée, chausse des Adidas de contrefaçon, trouées aux deux pieds. On lui tend un miroir, il s'amuse de cette allure. Dans deux heures et demie il atteindra le centre de Bagdad, selon les contraintes de l'itinéraire. Celui-ci varie tous les jours, en fonction des officiers chargés de la sécurité sur la ligne de front.

Sa Suzuki 250 cm^3 est amenée, sortie d'une cahute derrière la barrière principale, moteur éteint. Cabossée et sale pour la crédibilité, mais à la mécanique révisée, fiable, efficace sans attirer l'attention. Une vieille dame trottine et s'approche de la moto, avec dans les mains une cage en bois et deux poulets vivants à l'intérieur, pour les vendre au marché répondront-ils aux policiers en cas de contrôle. Elle n'ose pas le regarder. Saleh ne lui adresse pas la parole et attache les volatiles sur le porte-bagages, il enfourche et d'un coup de talon descend le *kick*. La vieille dame remonte son abaya noire, lève une jambe, se plante à l'arrière de l'émir et agrippe de ses mains le renfort du siège. Un couple âgé de modestes marchands roule vers la capitale. Dans sa poche, près de la poitrine, Saleh a rangé les faux papiers, renouvelés à chacun de ses parcours.

Il a appris l'itinéraire transmis il y a dix minutes. L'autoroute est déconseillée. Les troupes gouvernementales ont encore progressé dans la province de l'Anbar, les axes majeurs deviennent infréquentables. Pendant environ une heure il circulera dans des ruelles mal éclairées, la plupart du temps défoncées, et, après un carrefour, mettra le cap sur le barrage de la porte sud de la ville, sur la route 86, celui-là et aucun autre. Un soldat au service de son ami fermera les yeux.

Au centre de Bagdad, dans le quartier de Karrada, en bordure du rond-point de la rue Al-Shadoon, un figuier au large tronc s'élève depuis le trottoir défoncé. Une caravane stationne sous ses feuilles, on y vend des pitas agneau tomate oignons. Saleh gare sa moto. Il range sa veste et ses baskets dans la mallette arrière, en retire une paire de chaussures en cuir cirée, et fourre 4 000 dinars dans la poche du marchand, pour la surveillance. Il tapote sa joue, personne ne touche à ce deux-roues, personne ne s'assied dessus, personne ne répond à des questions sur le propriétaire, vu ? La vieille dame s'éloigne avec ses poulets, rendez-vous dans trois heures, ne me fais pas attendre, elle acquiesce.

Saleh marche en direction des lumières, les voies les plus animées de ce quartier de Karrada, d'abord l'avenue des coiffeurs, ainsi surnommée à cause des publicités géantes de trois salons concurrents. Des projecteurs éclairent ces panneaux au-dessus des boutiques, des jeunes hommes y sont dessinés, coupés en brosse au niveau des tempes mais avec des cheveux mi-longs sur le sommet du crâne, hérissés par des couches de gel. Une bénédiction pour les imams. Ces publicités éclipsent les autres attractions du secteur. Ça préserve les réputations. De l'autre côté de la chaussée se succèdent les cinq vendeurs d'alcool de la capitale. D'ailleurs, ils lèvent leur rideau de fer maintenant, parce que 20 heures ont sonné, les autorités municipales autorisent leur commerce jusqu'à 2 heures, chaque soir, sauf pendant le ramadan. Pour la forme, les voisins répètent qu'une réglementation drastique encadre leur négoce. Interdiction d'en vendre aux femmes, d'en faire la promotion sur la voie publique, et, plus important, obligation de verser une patente aux milices religieuses, 15 % du chiffre d'affaires. Tarif réglementaire pour tout commerce immoral, très utile pour financer l'effort de guerre. Saleh les croise, distingue un alignement de vodka et de gin ; il a un peu d'avance, s'arrête plus loin dans l'échoppe du marchand de kebabs. Et repart vers Abou Klaam, dans ces rues où les cafés, les magasins de vêtements et de téléphonie mobile ouvrent à la nuit tombée. Des odeurs de brochettes grillées et de pain chaud circulent le long de ces artères, des conversations animées, des rires.

Encore deux cents mètres, l'émir s'y engage à gauche sans un regard pour les scènes de vie alentour ; le voici dans une impasse sans nom, jamais éclairée, des immeubles de béton vétustes se dressent de part et d'autre. Les notables connaissent. Des berlines pénètrent dans ce fondu au noir. Après l'obscurité totale et un virage, des néons roses illuminent un cul-de-sac, des lettres arrondies au-dessus d'une porte annoncent « hôtel-restaurant », rien d'autre. On l'appelle « L'étoile de Paris », hommage aux maisons closes de la capitale française, citées en exemple par le patron, ravi de la prospérité de son affaire, ici on ne manque jamais d'eau, d'électricité, de filles ou d'alcool. Des deux côtés, des vitrines s'allongent, fermées par des rideaux opaques ; sauf dans un angle, où le tissu mal ajusté provoque la fuite d'un halo.

À l'entrée, deux colosses s'écartent, le physionomiste a reconnu Saleh, il l'invite à entrer. D'abord, traverser le rez-de-chaussée, une grande salle voûtée, avec ses alcôves éclairées à la bougie. Des entrepreneurs irakiens y flattent des présentateurs télé du Golfe, lesquels plaisantent avec des directeurs commerciaux qataris, saoudiens ou émiratis. À côté d'eux, des banquiers anglais et suisses devisent avec des cadres de l'industrie pétrolière chinoise, ceux-là commandent des bouteilles de cognac. Des dames avenantes les abordent. Elles rient fort, les apostrophent, les fixent dans les yeux. Elles ont une quarantaine d'années ; originaires d'Ukraine, du Liban, de Bulgarie, elles portent des jupes crayon, des corsets trop ajustés. Ces vêtements les boudinent mais gonflent les poitrines, captivent ces hommes, d'abord ensorcelés par leurs chevelures, leurs bouches et leurs joues couvertes de fards tapageurs. Visages voilés autrement. Dans un angle, des claustras de bois isolent les VIP, délimitent leur espace. Autour du bar, des costumes saillants se croisent, rarement aperçus dans les rues, des diplomates, des directeurs des services de sécurité, des députés, un ministre, des présidents de banques. Ils discutent sans élever la voix, atténuent leurs rires de concert, se maintiennent droits. Au-delà, dans un recoin, deux travestis sirotent un cocktail ; disponibles en cas de besoin. Ici, on ne juge pas la clientèle, les guerres de Religion et la police des mœurs, c'est pour dehors.

Saleh traverse, regard noir, concentré. Au bout à gauche, après les toilettes, il y a une porte réservée au service. Il passe par là, descend l'escalier par lequel le personnel accède aux stocks de bouteilles en sous-sol, une cinquantaine de marches à descendre. Il regarde sa montre, accélère. Après le local de la réserve, il s'engage dans un boyau humide, au sol caillouteux. Sous ses pas, des cloques et des carapaces explosent, celles de cafards obèses. Certains s'immobilisent un instant sur les deux ampoules accrochées à mi-hauteur. Saleh sort une clé pour la porte blindée au bout du couloir. Et referme derrière lui. Dans ces profondeurs, un autre boyau débute, au sol de ciment cette fois. Après une trentaine de mètres, deux militaires des unités d'élite patientent, fusil d'assaut à canon court en bandoulière. Ils gardent l'entrée d'une cave.

À l'intérieur, sur l'un des deux canapés Chesterfield éventrés placés en vis-à-vis, le colonel Abdallah fume une cigarette. Saleh approche, salue d'un hochement de tête et s'assied.

— Avec le barrage, sur la 86 ? Ça a été ?

— Ça va. Les manœuvres des troupes dans le Nord compliquent mes allées et venues comme tu sais. Surtout depuis la prise de Ramadi.

Le regard que s'adressent ces deux-là : un démon au réveil retrouve son reflet dans un miroir. Abdallah et Saleh face à face, deux bourreaux. Auteurs à quatre mains de quelques-unes des pages sombres du pays, pas toutes, soit. Et sans l'avoir voulu, peut-être.

1972, l'année de leurs 16 ans, ils intégraient l'école de police de Bagdad. Abdallah, issue d'une famille de paysans, dans le Nord, près de Mossoul, ne le fréquentait pas au début. Mais dix ans plus tard, en 1982, en pleine guerre Iran-Irak, lui et Saleh formaient l'un des meilleurs binômes opérationnels des unités de contre-espionnage de la DGS, les services de renseignement intérieur de Saddam Hussein.

La séance de torture sur un fauteuil de coiffeur, avec un blépharostat et une cuillère à agrumes pour extraire l'œil ; eh bien, c'est une de leurs inventions. Abdallah et Saleh l'ont mise au point contre un trafiquant d'armes iranien peu coopératif. Leurs alliés de l'époque, Washington, Londres, Paris et un peu Moscou, désiraient un tableau complet des filières d'armement de Téhéran. Ils l'ont eu. La terreur que cet interrogatoire inspirait leur valait d'excellents résultats. Les généraux du ministère de l'Intérieur encourageaient. Bravo les gars ! Vos performances ont été citées en exemple lors du dernier Conseil suprême. Ils promettaient des galons, des appartements de fonctions plus grands.

La fin de la guerre Iran-Irak a modifié les plans de carrière. Le grand bazar a débuté à cette période, Saleh n'en démord pas. L'arrivée des années quatre-vingt-dix, un tournant. Les collègues européens et américains leur rendaient visite moins souvent. Les agents britanniques du MI6 n'offraient plus d'albums des Pixies ou de Cure comme avant, qu'on apportait dans les bordels de Bagdad pour les écouter. Quand les aiguilles des vumètres de l'ampli se calaient dans le rouge sur *Friday I'm in Love*, on hurlait à tue-tête. Tout a changé après le cessez-le-feu de l'été 1988 entre Téhéran et Bagdad. L'actualité des Irakiens n'était plus rythmée par des affrontements sanglants contre les pasdarans iraniens, avec tranchées en plein désert, mouvements d'infanterie par cinquante degrés et pièces d'artillerie modernes. Verdun à l'heure de la télé en couleurs et des missiles. Des milliers de morts en une journée, un exemple pour les futures générations ivres de performance. Le peuple ne bronchait pas. Brave bête. L'Europe et les États-Unis avaient adoré. Là-bas, les années disco s'achevaient.

Au lendemain de cette guerre, les monarques du Golfe craignaient Saddam, il était surarmé, imprévisible, et refusait de rembourser les dettes contractées pour financer son effort de guerre. Un danger public. Les Saoudiens et les Koweitiens exigeaient d'être payés. L'autre a envahi le plus petit des deux. Les anciens alliés ont laissé faire et déclenché un autre conflit. La première guerre du Golfe, 1991. Ils croyaient remettre de l'ordre là-dedans, les dingues. Désormais, Abdallah et Saleh avaient ordre de les traiter en ennemis. Un bouleversement. Suivi d'années d'embargo.

Trois ans plus tard, en 1994, des officiers dissidents soufflaient au colonel Abdallah de s'associer à l'opération DB Achille, un plan secret de la division Moyen-Orient de la CIA, des confrères d'autrefois, pour en finir, renverser Saddam Hussein grâce à un coup d'État fomenté de l'intérieur, en association avec des opposants irakiens basés à Londres. L'orgueil de ces Américains ; pas d'états d'âme comme les autres, de gros budgets, pléthore de personnel, des appareils pour espionner l'essentiel de l'humanité, mais au bout, des procédures opérationnelles complexes, avec organigrammes en couleurs et flèches dans tous les sens, des narrations trop éloignées de la réalité, promises à se fracasser. Un de leurs cadres à Washington, Stephen R., coordonnait l'ensemble, avec des relais en Turquie et dans les montagnes du Kurdistan. Son groupe s'enorgueillissait d'avoir retourné le général Mohammed Shawani des forces spéciales irakiennes, pour planifier l'ensemble. Épaulé d'une trentaine de fidèles, ce dernier enrôlait des éléments clés, capables de faire basculer le pays en une nuit.

Le colonel Abdallah voulait en être. Pour en finir avec ces folies, les guerres de Saddam, les exécutions sommaires, la répression des dissidents, et ces épouvantables blépharostats qu'on commandait par douzaines à des Italiens. Mais sans rien dire à Saleh, son partenaire exprimait trop de haine à l'égard des gens de Washington.

Saleh était intraitable. À cause des premières campagnes de bombardements de 1991, quand les gars du Pentagone visaient les centrales électriques et les répartiteurs des lignes à haute tension. Chef, c'est pour neutraliser les centres de commandement de l'armée irakienne, leur couper le courant. Mettant également hors circuit les hôpitaux et les stations d'eau potables des grandes villes. Ils appelaient ça une guerre chirurgicale, une attraction pyrotechnique filmée de loin. Qualifiaient leurs anciens amis de barbares. Deux ans après la fin de leur opération « Tempête du désert », des épidémies d'un autre siècle se répandaient encore. La mortalité infantile battait des records, le choléra arrivait en tête. La fille unique de Saleh,

3 ans et demi, y a succombé en deux jours, comme le font les enfants, par des diarrhées ininterrompues. Dans un lit changé sept à huit fois par vingt-quatre heures, néanmoins imprégné de merde sanguinolente, elle a maigri à vue d'œil, littéralement, impossible à réhydrater, perdant jusqu'à la force de pleurer, de serrer la main de papa, qui s'est accroché à elle, s'est blotti contre son corps minuscule les derniers moments.

La CIA avait retenu juin 1996 pour le jour J de l'opération DB Achille. Une nuit à 2 heures, les arrestations ont débuté. Les responsables de la sécurité de Saddam connaissaient les noms de la plupart des traîtres ainsi que le fameux plan. En partie grâce à Saleh. Il surveillait ses proches et ses collaborateurs, vieille habitude. L'amitié n'interdit pas le contrôle. Surtout dans les moments où les pouvoirs tanguent, et avec eux les allégeances, les loyautés. À Beyrouth et Ankara, ses contacts lui rapportaient l'existence de curieux préparatifs au sein de la diaspora irakienne. Abdallah, confondu dès les premiers temps du complot, a changé de camp en contrepartie de la destruction de quelques enregistrements. Un agent double de Saleh, infiltré jusqu'au sommet.

À la fin, un millier de sans-grade et une centaine d'officiers ont été exécutés. Deux, pour l'exemple, ont été bouffés vivants, offerts aux tigres de Saddam Hussein, à sa demande expresse, ceux de son palais privé. Il a personnellement assisté au repas, depuis son canapé beige disposé devant les cages de son zoo. Après que ses animaux préférés eurent achevé de rogner la deuxième proie, il est parti se coucher. Le surlendemain, une cassette vidéo du dîner des fauves était déposée au consulat américain d'Istanbul, à l'attention du général à la tête des conjurés et de son tuteur de la CIA, accompagné d'un proverbe arabe calligraphié. La main qui nourrit ton bétail, remercie-la.

Non, le colonel Abdallah et Saleh n'y songent pas. Ils ne rouvrent jamais les vieux dossiers. Pas leur genre. Depuis plus de vingt ans, survivre absorbe toute l'énergie disponible. Comme maintenant, dans ces souterrains du quartier de Karrada.

— C'est pour quand ? interroge Saleh, détachant les syllabes.

— Tout le monde n'est pas d'accord. Je dirais fin mai au plus tard. Le cabinet du Premier ministre voudrait que les opérations militaires sur Fallujah soient terminées avant début juillet. Ça permettrait de démarrer l'étape suivante, la bataille de Mossoul, fin 2016, dans huit mois, en octobre prochain. Là, l'armée attend la livraison des stocks de sang. On remplit les réfrigérateurs des postes médicaux avancés, avant d'arrêter la date des premiers assauts. Y a des délais. La Division antiterroriste commence, elle, à installer des bases logistiques, à environ vingt kilomètres du centre de Fallujah.

— Et pour le bouquet final ?

— Ils ont ta position. L'imprimerie ne sera pas pilonnée sans que tu reçoives le signal douze heures plus tôt. Alors tu pourras fuir. Ça se passera dans les derniers jours des combats, quand la ville sera sur le point de tomber, pour faciliter ton exfiltration. Mais il nous faut des morts et les bons ! C'est notre accord. Tu devras t'assurer que tous tes moudjahidines soient présents lors du bombardement.

— C'est ce qui est convenu ! Et pour les milices chiites ? Laquelle ils ont choisie ?

— Brigade Badr, de notre ami Hadi Al-Hamri. Ses hommes passeront devant l'armée régulière, pour les affrontements quartier par quartier. On leur a promis.

— Ce sont des bouchers, tu le sais ?

— Tu me fais rire… Qui ne l'est pas ? C'est même une spécialité nationale, tu crois pas ? T'es bien placé pour avoir un avis sur la question, avec tes vidéos de décapitation…

— Conneries ! Des types sur le front nous adressent les images brutes. On se borne à les monter. S'il n'y avait pas eu Daech, ce gouvernement chiite ne nous aurait jamais pris au sérieux. Et puisque nous parlons de ça, mettons les choses au clair. Ne considérez jamais que je suis passé dans votre camp. J'œuvre pour la paix jusqu'à la partition du pays. Je vous aiderai à l'établir dans Fallujah. Pour le moment, on a encore besoin des excités et des étrangers, un peu. Après, ça sera chacun avec les siens. Chiites et sunnites sur leurs terres respectives. Pour le reste, tu penses que j'ai le choix ?

— Comme nous tous… Suis d'accord avec toi. Pour les milices populaires, elles ont leur propre chaîne de commandement. C'est le général Suleiman, envoyé par Téhéran, qui décide, avec le conseiller sécurité du

Premier ministre. On n'est pas dans cette boucle. On dépend de l'état-major du ministère de la Défense comme d'habitude.

— On a donc encore cinq à six semaines, calcule Saleh. Pour préparer l'avenir, effacer les derniers mois d'activités. Faudra ça.

— Voilà. Environ. Sinon tu as trouvé ce qu'on a demandé ?

— Naturellement ! Ça, c'est le numéro IMEI, la référence du téléphone pour le gars qui t'intéresse, le Tunisien. Fais gaffe, c'est pas son IMEI personnel, c'est celui de sa femme... Mais ils vivent ensemble.

— OK. S'ils dorment dans la même pièce, on fera un scan pour localiser l'autre IMEI, le téléphone le plus proche de celui-ci, toutes les nuits, pour avoir le sien.

— Juste par curiosité, tu peux m'exposer vos motifs ? Pourquoi cette cible-là ? Ce type gère une unité d'ambulanciers et accueille des combattants étrangers, dans l'immeuble qu'on lui a confié, c'est tout. J'en ai d'autres, plus importants...

— T'inquiète. Les dernières cibles que tu nous as données étaient très bien, les chefs sont contents. Ce coup-ci, c'est pour satisfaire les Français. Ils nous rendent des services, surtout leurs forces spéciales basées près d'ici. Ils veulent taper les instructeurs et les centres d'hébergement où l'on forme des terroristes francophones. Ce Tunisien en abrite dans son immeuble. On a un arrangement. On doit les aider au ciblage.

— Et à propos de notre… arrangement. Serait-il possible d'y revenir ? En détail ?

— Je t'écoute.

— Je veux être certain que tout roule.

— Le *deal* dans les grandes lignes sera respecté. Tu ne seras jamais cité dans les procédures judiciaires. Tu continueras à nous permettre de loger les gens que vous avez recrutés, surtout les étrangers. Ça fournit des objectifs à nos alliés et ça nettoie le terrain. Et tu remets les listes des gens de chez nous qui ont grossi vos rangs, à l'exception des membres de… de ta grande famille.

Le colonel Abdallah écrase sa cigarette ; ses lèvres expulsent un nuage vers le plafond. Les traits de Saleh s'immobilisent, visage de cire. Impassible mais sur le qui-vive.

Cette partie-là de l'accord a déjà été discutée. Pourquoi en énumérer à nouveau les éléments ? Les présenter comme des acquis récents. Saleh n'a pas le temps pour ces jeux de patience. Il doit repasser par le barrage de la route 86 dans une heure et demie.

— Non mais pour après ? Ce que tu viens de dire, c'était déjà entériné ! Pour le reste ? Après la chute de Fallujah ? Je vais pas te faire un dessin…

— Tu obtiendras les deux pharmacies supplémentaires que tu convoites dans Bagdad. Au sujet de ton siège de député, tout n'est pas réglé.

— C'est quoi le souci ?

— Les investitures pour les prochaines législatives, en 2018. On ne peut pas garantir que tu seras en position éligible dans la circonscription de ton choix. Mets-toi à notre place, comment s'assurer de ce que feront les autres personnalités sunnites ?

— Vu que tout le monde palabre avec tout le monde, vous devez en avoir une petite idée ?

— C'est plus compliqué. En tout cas, la commission électorale validera ton inscription sous l'étiquette du parti El Esbin Al Islami, comme tu voulais, mais j'ignore dans quelle circonscription. Et les pharmacies seront à toi.

13

2 avril 2016, 17 heures. Dans moins d'une heure, la rotative de l'imprimerie aura avalé le deuxième rouleau de papier. Sur le tapis mécanique, les livres cheminent jusqu'à la desserte où Anis les empile. À ses pieds, des exemplaires forment des tas de douze. Une bâche a été étendue, pour ne pas salir les couvertures de l'ouvrage, noires avec un titre en lettres blanches – *Le Management par la sauvagerie.* Une photographie en occupe le centre, aux tons gris. Un groupe de combattants soulèvent des armes vers le ciel.

Baker a voulu aider, il s'ennuie, préfère la compagnie des adultes. Ça tombe bien, on manque de bras ici, les autres sont retournés à leurs scripts conversationnels et à leurs vidéos. Anis lui adresse un clin d'œil. Baker remonte ses manches comme le font les hommes sur les chantiers. Il ouvre et déploie des plaques de carton, pour modeler des emballages carrés où seront glissés les volumes. Douze livres, ça rentre au poil, on ferme avec du gros scotch marron.

— Qu'est-ce que c'est, *Le Management par la sauvagerie* ? L'instructeur m'a conseillé de le lire, je suis assez grand pour comprendre. On verra. Pour le moment, faut empaqueter, n'en oublier aucun, les camions ne tarderont pas.

— Raconte-moi plutôt ta journée, Baker. Vous êtes sortis ce matin ? On vous a aperçus sur un *pick-up*, toi et les élèves de l'académie...

Il regarde ses mains, recompte les livres dans le carton, ne sait par où commencer. Après le petit déjeuner, oui l'instructeur les a conduits, lui et les autres enfants, sur un plateau de tournage où se fabriquait le prochain film de propagande. Une récompense, il a dit. Il se montre fier d'eux, promet qu'ils défendront valeureusement leur ville, bientôt, lorsque la bataille débutera. À l'arrière de la voiture, ils ont rangé deux caméras, trois pieds, deux projecteurs et une perche pour la prise de son. À onze kilomètres, sur la route d'Habbaniyah, ils ont retrouvé les moudjahidines d'une autre brigade, des garçons plus âgés, ils gardaient cinq soldats de l'armée régulière, capturés la veille. Ce seraient eux, les personnages du film. Dans une maison, Baker et ses copains ont appris le métier.

L'instructeur supervisait les opérations. D'abord, calfeutrer les fenêtres à cause des contre-jours et régler une lumière propice à des entretiens télé élégants. Rasséréner les détenus, certifier qu'ils rentreront indemnes. Ce n'est qu'un spectacle pour nos campagnes de publicité, aucune crainte, vous serez ce soir échangés contre nos frères djihadistes enfermés à Bagdad. Un combattant a exhibé un texto sur son téléphone, signé d'un général chiite, confirmant les pourparlers avec son émir. Sur les vidéos, ils arboreront des visages apaisés, des expressions consentantes. Ensuite, on les a détachés, des moudjahidines les tenaient en joue tandis qu'ils se changeaient. Les prisonniers ont enfilé un costume de scène, une salopette orange, identique à celle des captifs de Guantánamo. Baker et ses copains ont pincé des micros-cravates près de leur col, en passant les fils sous les vêtements, certains souriaient, ça les chatouillait. Un soldat a dit à Baker qu'il avait un garçon de son âge à la maison, il avait hâte de le revoir.

L'instructeur coordonnait les aspects techniques. Inspirons-nous des documentaires de la BBC, c'est la bonne méthode, attention à l'angle de la caméra, allumez les projos, on assied le premier invité, silence plateau. Devant un fond noir impeccable, à tour de rôle les soldats du gouvernement ont répondu, orientés de trois quarts, regard en diagonale vers un interlocuteur hors champ, sous un bel éclairage indirect. Tous ont confessé la même faute. Ils se repentaient de s'être conduits en mauvais musulmans, n'ignoraient pas qu'Allah les jugerait avec fermeté. Fin de la première partie du tournage.

La séquence suivante se déroulait à l'extérieur, avec pour arrière-plan une campagne désertique, parsemée de cailloux ocre. Un responsable a prié les cinq prisonniers de s'agenouiller dans le sable, pour implorer le pardon d'Allah. Cinq djihadistes vêtus de noir se sont plantés derrière eux, debout ; leur chef a dispensé un prêche contre les hérétiques et les apostats. Par terre, les dociles soldats irakiens ne se sentaient pas concernés, ils patientaient, on leur a assuré que la mascarade n'excéderait pas une trentaine de minutes. C'est là que les trépieds et les deux caméras se sont révélés profitables. L'une d'elles effectuait des plans larges, l'autre, entre les mains de Baker, zoomait sur les visages des types en tenue orange. L'instructeur a parlé à l'oreille de ses élèves, afin qu'ils se préparent.

Le sermon s'est achevé. Prends ça, sale merde ! Aussitôt les djihadistes ont flanqué des baffes sur le crâne des prisonniers. Puis des coups de pied pour les écraser, les jeter à plat ventre contre le sol, tête dans le sable. Leurs victimes se déhanchaient avec des manières de manchots effrayés, à cause des mains nouées derrière les reins. Les autres sont montés sur leur dos, ont écrasé les omoplates à pieds joints. Ils ont tiré les cheveux vers l'arrière, fort, pour placer le cou en extension. Des couteaux de combat sont aussitôt apparus. Chacun a cisaillé la nuque de sa victime. Pas seulement égorgée, mais découpée jusqu'à séparation intégrale.

Un travail d'équarrisseur. Exactement comme avec le mouton ! a crié l'instructeur. Tu vois, c'est simple ! Zoome, Baker, zoome bien sur le prochain, filme-le ce chien… c'est génial pour nos vidéos. Loupe rien. T'es un vrai combattant, Baker. Pousse le téléobjectif, allez ! Dans son œil hypnotisé, l'acier a pénétré des chairs et des boyaux entortillés, pas comme au cinéma, avec des effets moins ordonnés que dans un film gore. Il y a assisté de près. Le même mouvement pour chaque prisonnier ; le couteau a entamé la gorge sur le côté, s'est coincé sous l'oreille, a hésité, et finalement a effectué un tour complet. Coquille d'huître au moment de son ouverture. Une viande filandreuse s'allonge et se sépare. À l'instant où le cou s'est divisé, les suppliciés ont grimacé à l'extrême, leurs yeux se sont froncés. L'instant chez le dentiste où sans prévenir la roulette tourbillonne dans une dent à vif. Deux d'entre eux ont hurlé. Ils ont eu le temps de comprendre – on effacera ces bruits d'ambiance. À la fin, chacun a brandi une tête dégoulinante, l'a posée dans le sable, vers l'objectif, l'air crâneur.

À l'imprimerie, l'équipe chargée du montage vidéo mettra l'accent sur la sérénité des soldats pendant les aveux, gros plans sur leurs visages fermés entre deux réponses, pénitents admettant tout. Elle enchaînera avec le laïus du chef des djihadistes. Grâce au son du perchiste, un copain de Baker, rien de son réquisitoire ne sera perdu. On le mixera à une psalmodie guerrière, rappelant les batailles du VIIe siècle. Les condamnés, à genoux, paraîtront calmes, presque confiants. Un plan panoramique sur ces hommes passera au ralenti. La chanson dira que les infidèles doivent être punis, ils connaissent leurs crimes, les indignes. Le clou du spectacle suivra, leur peine capitale vue de près.

Anis cesse de remplir les cartons. Le tapis mécanique crache des livres qu'il n'ordonne plus. Les bouquins s'accumulent dans un conteneur. Il ne bouge pas, scrute Baker. L'enfant a raconté sa journée de tournage sans une émotion. L'humanité en apnée. Et le voilà qui s'énerve d'un morceau de scotch rompu avec les dents et entremêlé ; adhésif de merde, crève ! Il s'agite et sautille pour former ses paquets. Donne des coups de poing dans un sac-poubelle. Un filtre rougeâtre couvre ses yeux. Anis s'approche en silence, s'immobilise. Il lui caresse la joue. Ouvre ses bras, se rapproche, l'enlace, le serre contre son cœur. T'es pas responsable. C'est pas toi qui as tué ces gens, pas toi qui as décidé de leur mort, ni de ces horreurs qu'ils ont subies, en leur mentant, leur faisant croire qu'ils seraient libérés ce soir, non c'est pas toi.

Baker se fige, une raideur le paralyse, barre de métal impossible à tordre, des orteils jusqu'aux épaules. Sa tête se penche, s'appuie contre le buste d'Anis, qui le presse davantage, l'entoure doucement. À travers sa chemise, il sent la température du front de l'adolescent. Une fièvre glacée. La sueur mouille la base de ses cheveux, des gouttes perlent près des tempes, roulent sur sa clavicule. C'était des *koufars,* des *koufars,* des sales infidèles, des *koufars.* Oui, Baker, je te crois, reste là, détends-toi. C'est l'instructeur, c'est lui qui a décrété leur meurtre, avec les autres chefs de brigade, en tout cas c'est pas toi.

— C'est possible, Anis ? Possible qu'ils se trompent ? À ton avis ?

— Ça arrive. Tu voulais savoir ce que raconte ce livre, *Le Management par la sauvagerie.* Tu l'as expérimenté aujourd'hui. Il enseigne de tourner des vidéos comme la vôtre. Pour créer un spectacle troublant, avec des gens qui meurent pour de vrai, un film qu'on ne peut pas s'empêcher de visionner jusqu'au bout, avec l'impression d'en devenir un peu le complice, une personne concernée, révoltée, suffisamment pour entrer en guerre.

— C'est ça le but ?

— Oui. Ils stimulent une grande guerre de religion, c'est leur projet. Le but c'est que les sunnites l'emportent et possèdent une vaste région à eux en Irak, frontalière des autres pays sunnites. C'est de la persuasion.

— Et tout le monde les voit ces vidéos, partout ?

— Non. Surtout les pays pauvres. En Europe et en Amérique du Nord, des systèmes les bloquent, interdisent leur circulation.

Baker a parlé d'une voix chevrotante. Des tremblements remontent le long de son échine. En un instant, une colonne de fonte se liquéfie. Devient rameau de lierre. Ses bras entourent Anis, les mains agrippent, les jambes s'avachissent. Il se blottit contre lui, son corps se relâche. Un spasme le secoue et l'instant d'après ses poumons se gonflent, inspiration venue de si loin, de si profond, des abysses. Où la gravité terrestre prend naissance, au-delà des gouffres, où se préserve le souffle de vie, l'élan fondateur, le point oméga. Sa cage thoracique se remplit de cet air. Il redresse brièvement le menton et fond en larmes. Les pleurs l'agitent. Sa bouche se plaque contre le torse d'Anis, grande ouverte sur son tee-shirt, il le mord pour que personne n'entende. Tu ne diras rien, je pleure pas hein ? Bien sûr que non, Baker.

22 h 45. Anis entre dans la chambre de Steeve. Sur la table, une vapeur chaude s'échappe du bec de la théière,

deux tasses sont sorties. À côté, une carte de Mossoul est dépliée, avec des points inscrits au crayon à papier, des pourcentages et des horaires.

À chaque fois que Charifa a allumé son Nokia, Steeve l'a située. Ce plan de la ville du Nord raconte l'historique de ses déplacements des deux dernières semaines. Avec ces données, il reconstitue une journée type. Charifa vit dans le quartier d'Al-Gizhlani, près de l'aéroport, dans un pâté de maisons entre un carrefour et un square. À 8 heures, à la suite de mouvements en lignes droites, son appareil s'active trois kilomètres plus loin, au milieu du site de l'Hôpital central, un ancien établissement de santé des armées irakiennes, dans le quartier de Havy Al-Mansur. Là-bas, on soigne principalement des miliciens de Daech et quelques civils. Pour ces derniers, selon Steeve, un dispensaire subsiste, dans le centre près du fleuve, à côté de l'ancienne usine Pepsi-Cola. Au moment du déjeuner, Charifa se rend près d'un marché couvert, à deux kilomètres et demi, plein nord, et reprend son travail une heure plus tard, qu'elle quitte rarement avant 21 h 30, pour rentrer chez elle sans détour. L'appareil s'éteint peu après 23 heures.

Anis recule d'un bon mètre, observe la carte. Se rapproche. Emprunte le crayon de Steeve, relie entre eux les trois points des localisations les plus fréquentes de Charifa. L'ensemble dessine une équerre, harmonieuse, deux branches d'égale longueur convergent en un angle droit. Pas un hasard ! Une architecte dans l'âme ne se promène pas sans calcul dans une ville en guerre. Elle a mesuré au plus juste ses déplacements, entre son appartement, l'hôpital et un lieu pour se nourrir, acheter quelques produits, en évitant les axes risqués, les esplanades et les avenues à découvert. C'est bien elle, c'est certain. Le front et les yeux d'Anis se décontractent. Il sourit ?

Steeve aimerait le questionner à nouveau. Existe-t-il un double de la vidéo où ils s'embrassent et se caressent, Karim et lui ? Peut-il le lui promettre ? Anis ne bronche pas, visage inexpressif, il le regarde sans un signe, pas même un fugace clignement valant indice. De toute façon, Steeve fouille l'ordinateur d'Anis à distance, l'historique de son disque dur montre qu'il s'y promène, à la recherche d'archives vidéos, dans l'espoir de détruire six minutes torrides enregistrées dans un recoin de l'imprimerie.

— Et sinon tout va bien, chef? L'émir est content je crois de l'opération avec Lila_93.

— Merci Steeve. On s'est donné du mal pour cette Française. Ça sera une belle action.

— Y en aura d'autres, chef?

— Les combats s'intensifient. Les semaines à venir s'annoncent incertaines. Comme tu peux l'entendre après la tombée du jour…

Le soir, le vent transporte des bruits de basse inédits, un concert au loin. Les paupières d'Anis se ferment. Non, malgré ses efforts, ça ne lui rappelle pas un soir d'été en France, à Marciac, lorsque résonne au loin le festival de jazz. Ces ronflements, ces nouveaux BPM, s'échappent des batteries d'artillerie, installées à une quinzaine de kilomètres, elles préparent les manœuvres de l'armée de terre et des milices chiites.

Il salue Steeve d'un geste, absorbé par cette carte. Regagne sa chambre mais n'a pas sommeil. Allongé, Anis garde les yeux ouverts dans la nuit, tournés vers les étoiles. Une conversation lui revient, la seule fois où Charifa lui a adressé des reproches, où elle se plaignait de ce travail chez Telemarket.

Elle s'inquiétait de l'objet du contrat. Quelque chose me tracasse, tonton, j'aimerais t'en parler. Ils sortaient du siège avenue Mohamed Breda, en fin de journée, après une réunion. Tous ces scripts conversationnels imitent des chantiers confiés à un architecte, c'est troublant. Tu vois, ce sont des entreprises de démolition. Un professionnel suivrait le même déroulement. D'abord déposer et casser le superflu. Retirer les meubles, les volets, la décoration. Ensuite, chercher et viser la structure centrale, identifier les murs porteurs et les poutres maîtresses. À la fin, on en fait ce qu'on en veut. Avec un minimum de dynamite, le bâtiment s'effondre sur lui-même. Puis une reconstruction à la va-vite commence, avec de nouvelles fondations, des matériaux bas de gamme. Cette intelligence utilisée pour contacter des gens à l'autre bout de la Méditerranée, afin de démolir des croyances dans leurs produits ou leurs services, avec l'intention d'en vendre d'autres, au bénéfice de sociétés implantées elles aussi à l'autre bout de la Méditerranée, comment dire tonton… C'est de l'architecture médiocre. Tu n'as pas l'impression que c'est du gâchis ? Indigne de ce que nous sommes, de notre histoire ? De ce que votre grand-mère, à maman et à toi, vous a enseigné ?

Elle a argumenté dans le vide, sans capter son attention, il pensait à autre chose ce soir-là, à ses rendez-vous avec le député Mohamed Bedra, aux anciens amis du syndicat étudiant qui s'engageraient à ses côtés pour la prochaine campagne.

14

17 avril 2016, 9 h 10. Du haut du clocher de l'église de Languidic, on contemple les environs jusqu'à la mer. Aujourd'hui, le ciel bleu accorde à ce coin de Bretagne un air de paysage dessiné à la palette graphique. Dépliant pour investissements locatifs, panorama ordonné selon des calculs géométriques. Il y a des ronds-points, des routes qui s'écartent en étoile, des arbres aux feuillages touffus mais sphériques, des maisons alignées, des clôtures main dans la main, et des centres commerciaux sous des tôles grisâtres, faciles à distinguer vus du ciel, à cause des parcs de stationnement monumentaux qui les précèdent. Un peuple, son sens de la famille et ses hypermarchés.

Le bus de Lorient s'arrête un instant devant la pharmacie ; Lila_93 en descend. Elle porte une doudoune blanche, un cabas en osier et un sac à dos sombre. À pied, elle emprunte la départementale sur trois cents mètres et bifurque à gauche rue des Forges, la maison de mamie se tient dans le renfoncement, après le massif d'hortensias. Elle sort ses clés, pousse le portail et gravit les escaliers de l'entrée, exécute deux tours dans la serrure. Sur les murs, il y a du papier peint à motifs, une alternance de rouges-gorges et de brins d'herbe à la verticale, un portemanteau et une pendule rustique, et dans le salon des canapés similicuir, d'un marron étincelant. Elle pose ses affaires et le blouson sur une chaise, file aux toilettes. Assise, culotte baissée, Lila_93 se répète l'emploi du temps de la journée, l'itinéraire à suivre, visualise la cible sur laquelle elle lancera la voiture, les gestes à effectuer, les interrupteurs où appuyer, selon une organisation chronométrée, pas de place pour le hasard. Elle tire la chasse d'eau, regarde cette pièce une dernière fois, elle s'y enfermait petite pour lire des magazines d'adolescentes, en cachette des grands-parents. Elle a fermé le loquet, ça l'amuse, elle est seule pourtant. Elle ouvre, se dirige vers la salle à manger. Et saute en l'air.

Subitement, un ressort la précipite vers le plafond. Fulgurant. Un homme la soulève de terre, un autre lui bloque les mains, les passe dans son dos. Ils gueulent. Elle n'entend rien, écarte les yeux, panique. Qui êtes-vous ? Qu'est-ce que vous dites ? Ils la collent contre un mur, son minois s'aplatit sur un rouge-gorge. Elle sent des cercles froids contre ses poignets, les menottes se referment. Le premier type, celui qui l'a décollée du sol, la retourne. Deux autres gars l'examinent, ils portent des cagoules noires et des gilets pare-balles, l'un d'eux tient un fusil d'assaut, l'autre, avec un téléphone, la photographie en gros plan. Elle perçoit maintenant des voix partout, d'hommes, de femmes. On évoque une opération en cours, une interpellation effectuée dans le calme, de qui parle-t-on ?

La tension retombe. En haut de l'église, un policier transmet un message de victoire à son commissaire à Paris ; quatre heures plus tôt, il a planté une lunette télescopique contre un longeron du beffroi, braquée vers le pavillon années soixante-dix, à deux cents mètres à vol d'oiseau, en bas à droite près du bosquet. De là, il surveillait les accès et a prévenu de l'arrivée du bus. Dans la rue, près de l'entrée de la maison, une camionnette blanche stationne toujours, ses quatre collègues en sont sortis et participent à la fouille. Au fond du jardin, trois autres policiers patientaient dans une cabane, où sont entreposés des outils et une tondeuse à gazon. Ils ont été les premiers à se glisser à l'intérieur, par la porte-fenêtre de la cuisine.

Lila_93 est portée près du potager en friche, sans un mot. On l'arrête devant une policière qui se présente, la quarantaine, en civil, un jean délavé, des Timberland foncées et un pull bordeaux, cheveux bruns, mi-longs, un brassard orange fluo, celle-ci lui adresse la parole mais Lila_93 ne comprend pas ses mots, ils n'atteignent pas son cerveau. Sa bouche soudain pâteuse n'articule rien. L'autre tourne les talons et repart en direction de l'intérieur. On la pousse. Lila_93 accompagne le brassard orange, qui franchit le seuil de la chambre d'amis, coupe par le couloir, traverse le cellier et vire à gauche pour accéder au garage. La lumière est allumée, on l'immobilise devant une voiture, la Kangoo et ses bonbonnes de gaz rivées à l'arrière, les sachets de clous et les bouteilles d'essence suspendues aux parois. Sacré dispositif. Merde, quelqu'un a retiré les fils électriques du pain de plastic. Ça l'afflige. À compter de ce mardi 9 h 35, vous êtes placée en garde à vue pour participation à une entreprise terroriste et pour la préparation caractérisée d'un attentat. Lila_93, de votre véritable nom…

Tunis, 19 heures, les embouteillages grossissent, des journées de travail s'achèvent. Une lumière orangée caramélise les rues et les immeubles. Dans le bureau du président du tribunal, au dernier étage, on accueille le conseiller de l'ambassade de France en charge de la coopération judiciaire, le directeur de cabinet du ministre de la Justice l'escorte. C'est un honneur de vous rencontrer. Du fond de la pièce, en retrait derrière les autres, la juge Maarouf fait quelques pas. Les deux invités serrent la main à ses supérieurs, les deux vice-présidents du tribunal, le directeur de la police tunisienne et des services antiterroristes. Le petit groupe s'approche d'elle. En France, depuis une heure, les journaux en ligne décrivent une intervention policière le matin même près de Lorient. On voit les images d'une villa à la peinture décatie, fissurée, d'une Kangoo couleur poussin, pareille à celles de la Poste, dans un garage, sous des néons.

Oui, une attaque majeure a été déjouée, la voiture piégée retrouvée dans la paisible maison de cette commune rurale du Morbihan aurait pu ravager tout un quartier. À la télé, c'est une blonde arrivée du bureau de Nantes qui l'assure, micro siglé devant la bouche. Des trémolos dramatiques ponctuent ses phrases. Les terroristes, nous a-t-on confié, cherchaient à tuer des dizaines de personnes. Oui, le pire a été évité, s'est félicité le préfet, que nous avons rencontré ; et comme vous le voyez sur ces images, lors d'une visite éclair, le ministre de l'Intérieur a remercié en personne les équipes de l'antiterrorisme, dont le travail de surveillance a permis cette arrestation. Les médias tunisiens n'en disent mot. Personne ne s'en plaint.

— Madame Maarouf, merci ! Je suis chargé par la chancellerie française et par Monsieur le ministre de l'Intérieur de vous dire combien cette collaboration, exemplaire en tous points, nous est précieuse. Je l'ai répété à votre hiérarchie. Exemplaire.

— C'est naturel, répond le président du tribunal, à la place de la juge.

— La communication dans les médias vous convient-elle ? ajoute l'envoyé de l'ambassade.

— Nous n'apparaissons pas, sourit la juge, c'était notre exigence, notre réseau doit être protégé.

— En tout cas, à Paris ils sont ravis.

Une fois la délégation partie, on se rassemble dans la salle de réunion, deux étages plus bas. Les dossiers ont été poussés, la table libérée. Quelqu'un est allé avenue Habib Thameur à la pâtisserie Gourmandise, en a rapporté cette boîte en carton ouverte, dans laquelle les mains piochent, un délice. On envisage l'avenir la bouche pleine de mini-sablés fourrés à la purée d'abricots, de gâteaux croustillants à l'extérieur, fondants à l'intérieur, imprégnés de miel, enrobés de crème citron, emplis de pistaches concassées.

Des améliorations matérielles récompenseront un tel coup d'éclat, on ne déplace pas tous les jours un directeur de cabinet du gouvernement et un diplomate français. Depuis dix-huit mois ils réclament une voiture supplémentaire, une Toyota, et deux imprimantes portatives, pour les procès-verbaux à rédiger lors des perquisitions. Leurs vœux seront exaucés avant la fin du mois, la secrétaire du président du tribunal l'a promis.

La juge Maarouf s'appuie contre la crémaillère de la fenêtre, face aux policiers. Faut être lucide ! Notre succès a reposé sur le canal de communication du tonton et de sa sœur, à la précision des données envoyées, parce qu'ils veulent ramener la petite vivante. Mais ils ont peur de ne pas la revoir, et d'être expédiés en prison une fois notre enquête clôturée. Ils rêvent que la justice les blanchisse un jour, nettoie leur réputation. Pas vrai ? Profitons-en. Qu'ils crachent ! Vous avez vu la tête du président du tribunal tout à l'heure ? On a consacré du temps et des moyens à enquêter sur cette famille. Et surtout pas un mot à nos contacts avec la presse ! À chaque fois qu'un journaliste en mal de scandale cherche des accusés, on les charge ! Qu'ils continuent à les présenter comme une redoutable famille de terroristes. Que le tonton de Charifa nous expédie le maximum de matériel ! Aussi longtemps qu'il ne se sera pas démasqué.

— Et si le tonton rentre un jour, relate partout son histoire ? s'inquiète un policier.

— Qui nous reprochera de l'avoir officiellement désigné comme un complice des terroristes ? On racontera qu'on l'a retourné, qu'il s'est rangé du bon côté parce que nous avons su le contraindre. Nous seuls. Et puis rêve pas ! Tu connais beaucoup de papas ou de tontons partis infiltrer Daech, en amateurs, seuls, comme des grands, et qui en sont revenus vivants ?

— Évidemment…

— Espérons qu'il reste efficace trois ou quatre mois de plus, qu'il nous prévienne d'autres projets d'attentats. Et qu'il souffre le moins possible quand il se fera prendre.

— Et pour la mère ?

— On téléphonera demain.

Oui, ils lui adresseront quelques mots de gratitude. Et pas trop. Hors de question d'inverser le rapport de force, les suspects ne doivent pas se projeter dans une relation d'égal à égal. Elle sera félicitée mais de haut, sans perdre de vue qu'il existe un maître, auquel on obéit.

15

5 mai 2016, 10 h 20. Dans l'appartement du quartier de Ouardia, soudain des chocs, des impacts sourds. Meriem frappe dans la porte du réfrigérateur, poings fermés, droite gauche droite gauche, fort, l'engin vacille, hésite, se stabilise sur ses quatre pieds, reprend trois châtaignes. Elle hurle. Long cri enroué, interminable, une expiration en direct de ses ténèbres, gutturale, avalanche qui gronde et projette des pierres coupantes, à fendre les crânes, à paralyser les corps. Une note qui vrille les tympans et les sens.

Deux étages plus bas, dans la rue, le mugissement est arrivé aux oreilles des passants, ils pivotent, indécis, leurs regards interrogent la même fenêtre. Le bruit s'interrompt. Les piétons reprennent leur chemin. Une immonde vérité chuchote à l'oreille de Meriem, tu n'as jamais cru à l'enfer, t'es comme les autres, sois honnête, assume. Au fond, tu pensais y échapper. Regarde pauvre conne, il existe cet enfer, il déboule en ce moment, dans ta vie ; c'est lui, c'est le moment où tu vas morfler, personne pour t'aider.

Elle rattrape son téléphone, balaie l'écran pour afficher la liste des SMS, relit le dernier. Ses jambes la portent à peine, elle revient dans le salon, s'écroule sur le plancher. Se recroqueville près de la table, allongée sur le côté. Ses cris reprennent, moins perçants, ceux-là ne franchiront pas les murs ni les cours intérieures.

Il y a une quarantaine de minutes, après le départ des petites pour l'école, un numéro étranger a appelé, commençant par + 964. L'indicatif de l'Irak. Elle l'a appris par cœur, guetté des milliers de fois. Joyeuse, elle a décroché. Allô ? La liaison était médiocre. Le bourdonnement d'un engin de chantier étouffait les voix. Charifa… Charifa, tu m'entends ? Le combiné a été déplacé, le son s'est clarifié. Un homme a répondu, voix douce, pas un Tunisien, dans un dialecte du Golfe, il a dit qu'il appelait de Mossoul, il voulait communiquer avec un proche de la valeureuse combattante. Charifa avait laissé ce numéro. Sa mère, oui, sa mère, c'est moi, sa maman, Charifa est à côté de vous ? Non. Soyez patiente, des nouvelles seront expédiées rapidement, à partir de ce numéro irakien, qui sera ensuite désactivé, il ne servira plus, inutile de le mémoriser. Et il a raccroché. Sans rien ajouter.

Meriem a rappelé, à deux, trois, quatre, six reprises, sans résultat. Une demi-heure plus tard, un mug de café chauffait dans le micro-ondes, Meriem marchait à grandes enjambées dans l'appartement, riait, s'angoissait, changeait l'eau des fleurs, touchait la pierre porte-bonheur posée sur l'étagère, rapportée des ruines de Dougga. Un tintement a annoncé l'arrivée d'un texto. Le même numéro irakien l'avait émis. Une phrase simple, dix mots : Réjouis-toi, hier soir ta fille est morte en martyre.

Qui est mort ? Quelle fille ? Deuxième tintement, deuxième texto d'Irak, plus long… Femme, hier soir ta fille Charifa a été tuée. Réjouis-toi, car selon ses vœux c'est en martyre qu'elle est morte, désormais son corps repose sur la terre sainte des fiers défenseurs du Prophète, puisse son exemple te guider, toi et ta famille. Alors qu'elle rejoint le paradis, songez à la gloire que son martyre fait rejaillir sur vous. Dieu est grand.

Couchée en boule dans le salon, lèvres entrouvertes, regard tourné vers le sommet des fenêtres, en fuite vers le ciel, Meriem ne déplace aucun de ses membres, pas une partie de son corps ne remue. Rien. Sa tête est bombardée de souvenirs, d'instants avec Charifa, entrecoupés d'écrans noirs, de secondes de terreur, effacées par d'autres images. Comme là, petite, vers 5 ans, le jour où elle avait été surprise coloriant le sol de sa chambre avec des pastilles de peinture à l'eau ; mais chacun décore sa pièce comme il veut, t'as dit maman, hein ?

Une vision, le cadavre de Charifa, sa petite tête sans mimique, la moindre de ses grimaces échappée, terminé, pâle comme les visages de la morgue de l'hôpital. À qui le dire ? Que va-t-on annoncer aux petites ? Non, au-dessus de mes forces. J'en suis incapable, j'suis pas en état, j'y arriverai pas. Je veux pas. Trop dur.

Elle revoit une femme admise aux urgences il y a trois semaines, pour un malaise vagal. Un texto morbide lui avait été expédié à elle aussi. Les types rédigent grosso modo le même ; réjouis-toi car ton enfant est mort en martyr, copié-collé plusieurs fois par semaine. Saloperie. Dans son lit d'hôpital, la patiente bredouillait, les yeux au plafond. Les familles ne réussissent jamais à secourir les enfants égarés dans ces guerres, Madame, hoquetait-elle, entre des flots de larmes contenus, ils partent à cause de la propagande, des histoires qu'on leur raconte, la plupart déchantent mais rechignent à rebrousser chemin, ils ont peur de s'ennuyer.

Que dire aux petites ? Qu'est-ce que je veux ? Je veux que Charifa soit vivante une nuit encore dans les rêves de ses sœurs. Que son âme évolue parmi nous, dans cette maison, une dernière nuit. Sinon ? Je veux ramper jusqu'à sa chambre, me noyer dans son lit, renifler ses restes d'odeur. Il faut me lever.

Des voix familières résonnent. Des dialogues arrivent par tronçons, découpés par le va-et-vient d'une porte grinçante. Meriem a déjà entendu ces intonations hachées par les mouvements du double vantail. Ses paupières restent closes, elle émerge par paliers, remonte des profondeurs, s'étire lentement, peu importe cet endroit ; elle y a des habitudes, se sent en sécurité. Sa conscience se ranime, marque une interruption, elle apprécie cet instant où se prolonge l'indécision, juste après les rêves, juste avant le retour de l'existence, de la vraie vie, le moment de l'entre-deux, du choix, se rendormir ou faire irruption dans le réel, accepter le décor et la pièce qui s'y déroule, les partitions des autres personnages. Les voix, ça y est, ce sont celles des infirmières de l'après-midi, de la secrétaire du troisième étage, du radiologue. Pourquoi est-elle allongée ici, au travail ? Quelqu'un lui tient la main. Depuis longtemps ? Elle entrouvre les yeux, c'est le docteur Khalder, contre elle, assis sur un lit d'hôpital, où on l'a étendue habillée, couverte d'un simple drap. Le genou du médecin affleure le bas de sa cuisse. Meriem le dévisage. Tout lui revient.

— Meriem... On vous a administré un calmant. Vous êtes là depuis environ quatre heures. Les voisins ont entendu un grand bruit, ils vous ont trouvée inconsciente dans l'appartement. Les services d'urgence ont été contactés et m'ont prévenu.

— Je me rappelle...

Elle lui connaît ce demi-sourire, ces pommettes et cette mâchoire détendues. Il ne l'a jamais regardée comme ça. Cette mine, il la compose avant les mauvaises nouvelles aux familles, quand il faut entrer dans le bureau du quatrième étage et prononcer avec sang-froid le diagnostic cauchemar, nous avons tout essayé, il n'y a plus d'espoir, en le ponctuant de termes médicaux aussitôt traduits, pour éviter les flottements, les préparer à dire adieu.

— L'équipe de secours a apporté votre téléphone. Je me suis permis de regarder, pour appeler vos amies. J'ai vu les derniers messages. Je suis désolé. Tellement désolé ! Votre voisine restera ce soir avec les petites. Elles étaient encore à l'école quand vous vous êtes évanouie, elles ne vous ont pas vue.

Les yeux grands ouverts de Meriem se voilent.

— Charifa avait raison. On a tout raté ici. Y a plus qu'à suivre les gens qu'on aime quand ils foutent le camp. Où qu'ils aillent, même en enfer. Aucune excuse pour s'attarder. Faut la comprendre... À 18 ans, l'avenir est loin de Tunis.

— Meriem... Pardon, si je vous parais dur, mais... Faut pas rester comme ça ! Oui, c'est épouvantable. Mais il faut rechercher des confirmations, exiger des nouvelles de la part des autorités, je ne sais pas moi... Quelque chose d'officiel. On ignore ce qui s'est passé, j'ai servi pendant deux ans comme médecin militaire, croyez-moi... Les guerres n'ont l'apparence de la simplicité que pour les populations qui s'en tiennent éloignées. Et puis le deuil d'un enfant ne se fait pas après trois mots arrivés par SMS. On n'enterre pas un téléphone ! On est bien placé pour le savoir. Le ministre de l'Intérieur dans son interview d'avant-hier soir à la télé a expliqué que les Tunisiens sont parmi les étrangers les plus nombreux à rejoindre Daech. Avec de tels chiffres, ils ne disent pas tout. Ils sont débordés.

D'autres interrogations encombrent son esprit. Pourquoi des types ont pu persuader le fiancé de Charifa de s'installer là-bas, et pourquoi d'autres n'ont-ils pas su le ramener ici ? Y aurait tant de choses à améliorer... Le docteur Khalder persiste.

— Vous avez besoin de vérités sur ces événements. Là, maintenant, d'obtenir des détails. On ne sait rien à l'heure qu'il est. Et si ces textos étaient bidons ? Ou envoyés à la mauvaise personne. Et si ce n'est pas le cas...

Il faut exiger un rapatriement de sa dépouille, pour elle, pour votre deuil, et surtout celui de ses sœurs. C'est un pays en guerre, la situation évolue chaque jour.

Dans son bureau du Palais de justice, la juge Maarouf place son index sur la bouche. Deux policiers, face à elle, se taisent. Elle active le haut-parleur du téléphone. À l'autre bout, dans le portable de Meriem, une voix masculine raconte qu'il est médecin, qu'ils travaillent ensemble à l'hôpital, elle est à mes côtés, bouleversée, pas vraiment en état de discuter. Meriem salue, voix caverneuse. Le docteur décrit les deux textos reçus d'Irak, la juge fait tout répéter trois fois, il épelle le numéro irakien, articule les deux messages qui déclarent Charifa décédée, sépare les syllabes. Plus personne ne parle. La magistrate reprend avec douceur, marque des silences.

— Nous sommes de tout cœur avec vous… Madame… C'est un choc énorme… Il faut pas flancher… Je n'ai aucune idée de la fiabilité de l'interlocuteur qui vous a envoyé ça. On va tenter d'obtenir des vérifications. À cette heure en tout cas, rien ne nous incite à le croire. Faisons preuve de sang-froid, prenons en considération ce message oui, mais essayons d'en savoir davantage.

Dans le combiné, chuinte la respiration de Meriem.

— Tout ce qui émane de cette organisation terroriste on s'en méfie, leur appareil de propagande diffuse des mensonges. Officiellement, pour nous ici, Charifa demeure en vie, vous m'entendez Madame ? Nous devons entretenir nos contacts, poursuivre les recherches, avec votre frère, qui est très utile, la mobilisation ne faiblit pas ! Avec ces djihadistes, j'ai vécu toutes les situations, tous les revirements.

Meriem et le docteur Khalder écoutent sans l'interrompre, deux enfants dans la nuit rassérénés par la voix tranquille d'un proche. Meriem se réconforte, heureusement que le dossier a été confié à cette dame, une chance au milieu de ce malheur. Autrefois, sous le régime de Ben Ali, la juge Maarouf gérait des contentieux commerciaux, d'autres affaires, minables, ouvertes et fermées à l'occasion de litiges manigancés par des proches du pouvoir. C'étaient des farces judiciaires pour affaiblir un concurrent ou gratifier un allié, auxquelles elle participait résignée, en arrivant en retard le matin et sans jamais solliciter d'avancement, comme d'autres fonctionnaires entre ces murs. Aujourd'hui, la lumière de son bureau s'éteint la dernière. Poursuivre des groupes armés au nom des lois antiterroristes la comble. Personne ne s'en plaint.

Le président du tribunal comptabilise les performances, dans un petit carnet rangé dans l'armoire blindée. Maarouf c'est neuf dossiers bouclés à ce jour et transmis à ses collègues en vue d'un procès, et onze en cours d'instruction.

Meriem, poursuivez ce travail de veille sur les sites et les réseaux sociaux djihadistes, ceux diffusant des informations depuis Mossoul. Il faut les épier. Même si cette nouvelle vous a dévastée, ne perdez pas espoir. Juste une confidence : j'ai vu des cas où, à la fin, contre toute attente ça finit bien ! Le docteur Khalder loue son dévouement, sa pédagogie. Meriem sera vite remise sur pied. La juge Maarouf raccroche la première. Dans la chambre d'hôpital, elle serre le bras du médecin, remercie cent fois.

— Vous voyez, faut pas se décourager. On sait pas ce qui se déroule à Mossoul. Ces gens-là mentent tout le temps, poursuivons les recherches !

— Merci d'avoir été là, sourit Meriem.

Au tribunal, les deux policiers demeurent immobiles. La magistrate aimerait revenir à leur sujet, celui d'avant le coup de fil, à propos du planning des perquisitions dans les enquêtes sur l'attentat contre le musée du Bardo. Elle reprend la liste des adresses, des suspects visés, selon les rapports de surveillance et le relevé des bornes téléphoniques. Ses deux policiers coordonneront l'opération au petit matin, dans deux jours, sur des logements et un entrepôt.

Tout à l'heure, dans le bureau de la magistrate, un greffier a déposé une note urgente de l'état-major militaire – à votre attention. Le compte rendu provient de l'un des officiers de liaison tunisiens placés auprès de la coalition internationale contre Daech. À chaque fois que des actions militaires concernent un terroriste cité dans une procédure, ces derniers alertent la justice. Sans en-tête ni signature, juste par un résumé, factuel. La juge Maarouf leur a lu, tout à l'heure, peu avant de recevoir l'appel de Meriem.

Message du poste de coordination, 5 mai 2016, 07 h 21 GMT : à Mossoul en Irak, cette nuit, opération aérienne de nos alliés contre un immeuble servant de centre d'hébergement et de formation à des terroristes francophones. Lieu géré par un ressortissant tunisien, Ousman X., responsable d'une antenne de soins de Daech, fils de X., djihadiste défavorablement connu de nos services. Dans le bâtiment : recrues appelées à commettre des attentats en Europe. Localisation rendue possible grâce à des renseignements ayant identifié le numéro IMEI du téléphone de la compagne d'Ousman X., également de nationalité tunisienne, Charifa X. Contacts dans la ville de Mossoul pour validation de visu. Observation aérienne de la zone après impact : objectif traité.

L'un des deux policiers pointe du doigt le document. Pourquoi entretenir l'espoir chez cette famille ? Madame… La juge Maarouf se lève d'un bond. Notre mission suppose des informations, oui ou non ? Personne dans cette pièce n'ignore nos objectifs, on n'est pas là pour dorloter les familles dont les gamins sont partis, notre rôle consiste à démanteler les réseaux de recrutement, à les démolir. Et pour ça, nous avons besoin de sources à l'intérieur de Daech, et le tonton de Charifa a choisi d'en être une. Probablement par culpabilité. Évidemment, leur fille est déjà enterrée avec son mari à cette heure ! À moins que leurs corps ne soient éparpillés sous des débris. Mais hors de question de les décourager. Qu'ils cherchent encore et transmettent des éléments ! Nous, on continue à arrêter des terroristes. Chacun sa place !

16

21 mai 2016. Anis ne sursaute plus à chaque déflagration, non. Terminé les haut-le-corps, les spasmes au moment du vacarme quand la bombe atteint sa cible ; désormais, un tremblement ininterrompu les remplace. Ses mains battent la mesure, pareilles à celles d'un malade de Parkinson. Le corps encaisse les décibels, se familiarise avec les insomnies et les montées d'adrénaline lors des secousses, nuit et jour depuis une semaine. Anis renonce à porter une théière pleine, pour ne pas perdre la face. Saleh, lui, ne frémit jamais.

Les ondes de choc circulent entre les rues, à l'intérieur des égouts. Sur terre et dans le ciel, la technologie orchestre un ballet. Des missiles air-sol et des obus partis de loin se croisent au-dessus des maisons, en des courbes concaves convexes, luisantes dans l'atmosphère, question de point de départ, de trajectoires. Les engins éclatent de plus en plus près. Avec leur *joystick*, pilotes et artilleurs ratiboisent les environs de Fallujah. Certains canonniers travaillent à heures fixes. Leurs salves ébranlent les quartiers à 19 heures, minuit, 3 heures et 5 heures, pour épuiser les combattants et les familles, leur interdire le sommeil avant l'assaut.

Le haut commandement ordonnera bientôt la fermeture de la ville. Aujourd'hui encore, trois cents moudjahidines ont rallié Fallujah. Ils débarquent dans des voitures des années quatre-vingt-dix, avec des galeries surmontées de meubles et de jouets d'enfants, à la manière des réfugiés, pour tromper les satellites et les avions d'observation, rarement dans des pick-up, jamais dans des blindés. Vu du ciel, le déplacement militaire a des allures de procession familiale. Vacanciers sur des routes terreuses. Ils descendent du nord de l'Irak, du gouvernorat de Raqqa en Syrie, quelques-uns remontent du sud, tous accèdent à la vieille ville après quatre heures de détours, par le chemin le long du fleuve, que les forces gouvernementales ne contrôlent pas encore. Une fois franchi l'Euphrate, après le pont neuf, ils convergent vers un parking sur le boulevard principal, entre le centre commercial Al-Boudaly et la mosquée Al-Wahda.

Des types de la police religieuse les accueillent, dans d'anciens bureaux des services sociaux de la mairie, là on leur indique les secteurs de déploiement, les bases pour dormir et se nourrir. Les chefs de zone leur remettent des plans des quartiers, avec dépôts de munition, tunnels et passages creusés entre les maisons, pour circuler et s'approvisionner sans être repérés.

Dans l'imprimerie, des Tchétchènes et des Ouzbeks sont arrivés, ils cohabitent avec la brigade, les espaces du rez-de-chaussée leur servent de dortoir. Ils sont chargés de miner les abords de la ville, partent vers l'aurore et ne rentrent qu'après 22 heures. Au petit matin, Anis participe à redresser les rangées de sacs de sable. Il en tombe toujours à cause des explosions. Ces sacs, empilés jusqu'au plafond, doublent les plaques de métal déjà accrochées, devant les fenêtres et les baies vitrées, les balcons et les escaliers de secours. Maintenant, la brigade s'éclaire aux tubes néon, posés çà et là dans les angles, en appui sur le sol. Oui, parfois leur clarté oscille, à cause de l'impact des bombes de trois cents kilos; des stroboscopes se synchronisent au caisson de basse. Ça clignote au moment où les parois de l'immeuble vibrent; trois secondes s'écoulent avant que leur blancheur baigne à nouveau ces murs.

Sauf là. On a éteint pour un PowerPoint. Autour de la grande table, des visages aux traits tirés regardent Saleh. Une classe épuisée, nerveuse mais obéissante, assiste à une intervention inopinée du proviseur. Personne n'a été prévenu. Il campe devant son ordinateur portable, branché à un vieux rétroprojecteur. Les doigts de Saleh jonglent avec une paire de lunettes. Il l'enfile et la retire sans arrêt, les verres progressifs ne lui inspiraient pas confiance, en dépit des conseils de son ophtalmologue, ex-fournisseur en blépharostats. Il l'ôte et la rajuste alternativement, s'applique à ne pas louper les touches du clavier, trente centimètres en dessous.

— Si je vous ai réunis, c'est parce que dans quelques jours, des combats meurtriers feront rage de l'autre côté de la rue. À la fin, n'en doutez pas, l'ennemi encerclera notre quartier. Mais les hostilités s'achèveront par une négociation, croyez-moi !

Sur le mur du fond, brille un diaporama inédit, un script conversationnel original, à appliquer en urgence, au nom d'un objectif, vital. On ne le contrariera pas, faudrait être inconscient, il manque d'indulgence ces derniers jours, plus qu'à l'accoutumée. Steeve, Karim, Anis et les autres n'osent interroger, ils cherchent la logique en silence, pour obéir, en finir, et recouvrer le cours de cette journée, on craint d'accumuler du retard. Son script s'intitule Bataille de Fallujah. C'est évident, ce texte n'est pas prévu pour des opérations de persuasion en ligne. Va-t-on discuter avec de vraies gens, en face à face ? Des didascalies précisent les positions des mains, les déplacements des corps, comme dans une pièce de théâtre. Des illustrations montrent les postures à adopter.

— Notre intérêt consiste à ralentir la progression des troupes chiites, à leur infliger de lourdes pertes, pour le moindre pâté de maisons conquis. Plus leur marche vers le centre-ville sera meurtrière pour eux, plus vite ils engageront des pourparlers pour une capitulation moins coûteuse, et plus nous serons en sécurité, ici dans l'imprimerie. Dans cette perspective, nous allons nous occuper de la population autour de nous. L'objectif : transformer ces gens, nos voisins, les reprogrammer, pour nous édifier un rempart supplémentaire, physiquement. Comment ? En allant les influencer chez eux, dans leur maison. Nous continuerons à fonctionner coûte que coûte en soignant notre cuirasse. Voyons ce script, une copie vous sera remise.

C'est une campagne de démarchage à domicile, semblable à celle conçue pour une élection municipale, quand on rédige des arborescences détaillées pour les militants, en les amendant en fonction des rues et des immeubles prospectés. Par exemple, selon les profils des familles du quartier de Ouardia, mais Anis n'y songe pas, des histoires anciennes, vaines. Installé à droite de l'émir, il ne se balance pas sur sa chaise comme à son habitude, sa tête ne dévie pas de l'image projetée sur cette paroi de mur. Il fait semblant, les yeux dans le vide.

L'émir insiste.

— Lorsqu'on pénètre chez quelqu'un, attention à la position des bras, on n'hésite pas à les lever légèrement, un geste à peine perceptible, d'une seconde, paumes ouvertes vers votre hôte, comme lors de la reddition d'un soldat, en y ajoutant un air aimable. Ça annihile la méfiance. Une fois assis, on n'écarte pas les jambes, on les maintient dans un intervalle correspondant à la largeur du bassin. Ensuite, pendant la discussion, on veille à creuser les mains, les paumes toujours face à la cible. Pour la tonalité de la voix, basculez sur le mode interronégatif. Lorsque le moment s'impose d'énumérer les atrocités perpétrées par les chiites, sortez les photos de la chemise cartonnée qui vous sera distribuée. C'est mieux si d'autres membres du foyer assistent à la discussion. Interrogez le père sur ses intentions en présence d'un adolescent, d'une mère, d'un vieillard, de sa fille. Vous devez les séduire, non pas les forcer, et sans jamais répondre à leur place. Ils se dévoueront à cette seule condition. Questionnez-les vraiment. Comment réagirez-vous, monsieur ? Attendrez-vous ces barbares sans rien faire, caché ? Ou défendrez-vous les vôtres à nos côtés, pour empêcher l'ennemi de les violer et de les torturer ? Ensemble, on préparera des pièges, on piochera des passages secrets entre les bâtisses, on organisera des embuscades. Les démons ne passeront pas. Grâce à vous, on les stoppera.

Exceptionnellement, ces prochains jours, les emplois du temps prévoiront des sorties à l'extérieur, pour ces actions de propagande en ville.

— Comment nous organiser, émir ? questionne un moudjahidine.

— Vous circulerez par groupe de trois, quelques heures par jour. Un garde vous accompagnera. À raison de cinq groupes, discutant avec quatre familles par demi-journée, en trois jours, soixante foyers autour de l'imprimerie seront décidés à se battre.

Dans sa chambre fermée à clé, Anis s'écroule sur son lit, bras en croix. Le sommier grince, il pivote sur le côté, se recroqueville, poings fermés contre ses joues. Allez ! Approche le petit oreiller, bouffe-le, enfonce-le entre tes lèvres, et hurle encore, vas-y, plus fort. Comment vivre avec ça ? Comment accepter ce désastre ? Dans la brigade, les subalternes et même Saleh le croient terrorisé par les bombardements.

Il y a dix jours, devant un ordinateur en réparation, Anis s'est connecté à la plateforme de messagerie cryptée, où un courrier de Meriem attendait. Épouvantable, glaçant. Elle a recopié en entier les deux SMS du 5 mai, expédiés de Mossoul, qui ont annoncé la mort de Charifa, et a transmis le numéro irakien qui l'avait contactée. Meriem a également parlé des gens du tribunal de Tunis qui doutaient de la réalité de l'information. Mais qu'en savent-ils, là-bas ? Il a répondu qu'il s'efforcerait de recueillir des détails. Avant-hier, Steve Jobs a pu identifier l'origine de la ligne qui a rédigé les SMS. La carte SIM appartient à un lot réservé à ce cas précis, les textos pour les familles d'enfants morts au combat. Un désastre confirmé. Garde l'oreiller dans la bouche, et gueule, il y a encore des choses à éructer, la tristesse d'accord, mais aussi la haine de soi, et puis une honte, infinie. Quand il ferme les yeux, il repense à ses parents, à son père parti le premier, à sa mère morte dans un lit d'hôpital, à grand-mère Aïcha qui s'occupait d'eux, veillait qu'on leur prodigue une instruction de femmes et d'hommes libres. Il avait promis de prendre soin de Meriem et des enfants de la famille, de les aider, tu es le plus âgé – et le plus célibataire, plaisantait maman –, le plus débrouillard, tu connais des gens partout, si des choses graves arrivent, tu devras t'en occuper. Les enfants c'est l'avenir, et l'avenir c'est notre seule richesse, à nous autres.

Revoici Steeve, il toque à la porte, deux coups discrets. Ses amis auprès de la Première brigade de propagande de Mossoul ont communiqué des détails sur cette opération aérienne la nuit du 4 mai. Le compte Telegram de leur brigade de rattachement publiera demain un communiqué d'hommage, en mémoire d'Ousman al Tunisi et de son épouse, tués dans un raid des avions ennemis. Deux missiles ont visé cet immeuble où était notamment domiciliée l'unité chargée de la formation des francophones. Le premier a explosé contre la façade mais l'autre s'est introduit par un balcon. Une bouffée d'air lumineuse a tout ravagé. Volets et fenêtres ont été propulsés de l'autre côté de la rue, la machine à laver de la salle de bains a atterri en contrebas, dans le rideau de fer d'une boutique. Un incendie a suivi, interdisant aux secours d'approcher. L'étage touché a dégringolé sur celui d'en dessous. Et la dépouille de Charifa ? Une dizaine de cadavres carbonisés et défigurés ont été retirés et emportés vers un cimetière. Lequel ? Les relations de Steeve lui ont donné l'adresse, à la sortie de la ville, près de la centrale électrique. Même morte, démembrée, peu importe, elle ne se décomposera pas dans ce pays de merde ! Il fera ramener le corps de sa nièce, de sa presque fille, unique enfant de la famille dont il a été personnellement chargé.

Steeve propose de préparer du thé. Anis du menton indique la casserole sur l'étagère, au-dessus du petit réchaud électrique.

— J'ai hélas d'autres nouvelles, chef. Je voulais vous dire… Je suis désolé. Forcément, Charifa je ne l'ai pas connue. Parfois le soir je l'entendais discuter avec ses copines. Elle était drôle, elle pensait différemment, se souciait des autres.

— Raconte…

— J'ai recherché les éventuels mouvements de son appareil à partir de l'heure approximative du bombardement. Son Nokia ne s'est jamais déplacé, il est resté en veille au même endroit, pendant trente-sept heures, sans passer un appel ni envoyer un message. Il n'a pas bougé de l'immeuble de Mossoul correspondant à son adresse, là où les collègues de la Première brigade disent que les missiles se sont abattus. Et au bout de trente-sept heures, il s'est éteint, batteries à plat je suppose.

— Il est tard, Steeve. Pense juste à me donner les contacts de ces gens de Mossoul, un jour j'aurai besoin d'eux, pour trouver le cimetière. Va te coucher.

Anis ne s'endormira pas, cette nuit non plus. Dans le noir, il monte les escaliers jusqu'au toit de l'immeuble. Y en a marre des poches de sable autour des fenêtres, des boucliers. Vite un panorama, un point auquel on s'arrime dans le lointain, même indécis, aux extrémités confuses, mariées avec la rondeur de la Terre, un objet flou dans l'infini. Perché au sommet de l'imprimerie, les yeux les lèvres face au vent, il accepte la poussière et inspire, gonfle les poumons à bloc, pour renifler cette mort qui s'élève de partout. Sens. Goûte. Le spectacle a commencé, les tirs d'artillerie atteignent des endroits plus proches. Hier, la boulangerie d'en face a été pulvérisée – et avec elle l'antenne Wifi auquel Anis se branchait clandestinement pour communiquer avec Meriem. De toute façon, qu'est-ce qu'il resterait à dire ? Ce soir, quatre incendies se détachent dans l'obscurité, à trois kilomètres au moins, des brasiers dont on situe l'emplacement mais sans en deviner les détails, ni entendre les cris autour, des feux de camp allumés dans l'horizon. Dans la cour et les buissons alentour, les grillons se taisent, leur musique a cessé, à cause des détonations ou de cet air lourd. Des nuages aigres et capiteux se maintiennent en suspension, causés par la combustion volontaire de dizaines de pneus de camions. On en brûle sur les édifices les plus hauts, pour perturber les instruments d'observation des Américains.

Baker, essoufflé, passe la tête et entraperçoit la silhouette d'Anis, près d'un tas de parpaings empilés sur ce toit. Il traîne les pieds, marche avec lenteur. Je peux te parler ? Baker arrive de l'aéroport pour une ultime livraison de cartes bleues, déposées par le même avion privé en provenance de Sharjah aux Émirats arabes unis. Les heures de rotation ont été modifiées. Après réception du paquet, son retour en mobylette a excédé quatre heures. Les barrages changent fréquemment, l'armée coupe les routes plusieurs fois en une après-midi, des militaires remplacent les policiers aux points de contrôle et fouillent tout le monde, même les enfants. Baker s'allonge sur une banquette d'osier transportée sur ces hauteurs, il serre entre ses bras un coussin noir de saleté.

— Selon l'émir, je devrais arrêter ces déplacements à moto, la bataille approche, les portes de la ville seront condamnées. Tu as peur toi ?

— Non, pas vraiment Baker, ce n'est pas ça.

— Comment tu fais ? C'est parce que tu es un guerrier expérimenté ?

— Non, c'est parce que je suis triste. Je pense à quelqu'un de ma famille, que j'aimais beaucoup, et que je ne reverrai plus. Dans mon cœur, la tristesse prend toute la place. C'est pour ça que ce soir je n'ai pas peur. Et toi ?

— J'ai très peur. Mais tu le dis à personne, hein ?

22 mai 2016, 7 h 15. Dans sa mezzanine, Saleh dresse le bilan des entretiens conduits chez les habitants. Anis se penche sur la carte de la ville. L'émir colorie au feutre fluo vert les logements où des volontaires se sont déclarés, des adolescents ou des vieux pour l'essentiel. Tu vois, ceux-là sont maintenant exaltés, ils préféreront crever que de se rendre. Des djihadistes les ont équipés et leur ont dispensé des formations express. Ils aménagent des traquenards autour de chez eux, une douzaine par pâté de maisons, des explosifs à déclenchement filaire, activés par simple pression ou par connexion électrique, plusieurs options existent. Dans ces quartiers, les moins de 11 ans séjourneront dans les caves, celles-ci ont été électrifiées, agrémentées de réchauds et de réfrigérateurs, et déblayées pour y aménager des dortoirs. À partir de 12 ans, ils peuvent combattre. La présence des jeunes enfants dissuadera les plus âgés de se dérober lors des ultimes corps à corps. Ça ira vite, à ce rythme on aura fait le tour dans les délais. Les autres maisons, que les résidents ont fuies, ont déjà été piégées. Anis, courbé sur la carte, se concentre sur un point.

— Qu'est-ce qui te chagrine ?

— Rien… Je me demandais si vous aviez des nouvelles de ma nièce. Vous savez, Charifa. Depuis ce matin, sur Telegram, on parle de bombardements mortels chez elle.

— Anis, merde ! Je ne suis que l'émir de cette brigade, ici à Fallujah. J'ignore ce qui se passe à Mossoul. Et de toute façon peu importe. Je ne me fie qu'à une seule règle.

— Laquelle ?

— Tout le monde ment. C'est la loi. C'est pour cette raison qu'on a besoin d'experts en persuasion. Y a rien de meilleur ! Programmer soi-même les vérités dont on a besoin.

— Y a quand même deux trois trucs bien réels…

— Regarde ce merdier autour de toi ! C'est pas le résultat d'un pipeau ? Un gros, qui plaisait à tout le monde ? Les fameuses armes de destruction massive qu'aurait détenues Saddam Hussein. Sacrée opération d'enfumage celle-là, magnifique ! Comment tu veux que je sache pour ta nièce ? Tu connais l'histoire de Cuverball ?

— Qui ?

— Cuverball… C'était le nom de code d'un piètre étudiant en chimie devenu salarié de la télé irakienne, puis chauffeur de taxi. Il s'appelait Rafid Ahmed al-Janabi. J'ai enquêté sur lui. En 1999, il s'est échappé du pays et a tenté d'obtenir un statut de réfugié politique en Allemagne.

— C'est quoi le rapport ?

— Deux ans plus tard, fin 2001, comme les Allemands tardaient à lui accorder ses papiers, il a soudain rajouté qu'il avait collaboré, en tant qu'ingénieur, à un programme d'armes de destruction massive de Saddam. Les services secrets du BND l'ont sorti de son appartement minable et l'ont débriefé pendant des semaines, jusqu'en janvier 2002. Ils ont adressé leurs synthèses aux Américains. Pour un spécialiste en balistique ou en armement, plusieurs détails techniques ne collaient pas dans ses récits. Le meilleur, c'était sa fable sur des laboratoires roulants, capables de produire à la chaîne des obus chimiques et de disparaître. Mais on s'en foutait, tu vois, globalement, c'était crédible. Tout le monde à Washington voulait de cette guerre et avait envie d'y croire. Ils ont adopté le mensonge. Cuverball a eu droit à son statut de réfugié et à une belle rente payée par les contribuables allemands. Alors bien sûr, après, ces pays nous ont fait la morale… Mais on s'en fout, nous aussi on leur ment. Retiens l'essentiel, tout le monde ment.

— Ouais, quand même…

— Ben, au hasard, prenons Lila_93. La Française préparée pendant des mois pour une attaque suicide importante, celle que tu avais si bien manipulée, arrêtée deux jours avant de passer à l'action.

— Vous pensez qu'elle nous a menti, émir ?

— Pas elle, non ! J'ai demandé à Steeve de mettre l'ensemble de la procédure sur une clé, je la lirai plus tard.

— On l'avait pourtant testée plusieurs fois, elle avait appris à protéger les données opérationnelles, remarque Anis.

— Elle n'a pas été arrêtée au hasard. Et maintenant, elle subit des interrogatoires. Ses ordinateurs et téléphones sont fouillés. Qu'en dis-tu ? N'aurions-nous pas commis une imprudence lors de nos connexions ? Et si oui, qui doit être sanctionné selon toi ?

— Les policiers français ne présentent pas de risque. Au pire, ils identifieront l'un de nos serveurs de transit, pour les vidéos envoyées. Et pour les communications, on est toujours passés par le même opérateur turc. Rien à craindre.

— On verra ça plus tard…

Anis et Baker, depuis le début de la matinée, animent des visites à domicile, à deux rues de l'imprimerie. Excellent exercice pour apprendre à enrôler les gens, prétend son instructeur. C'est la troisième maison qu'ils voient, troisième thé qu'on leur propose, troisième assiette de fruits secs, en petite quantité, le siège de la ville oblige à se rationner. Le moudjahidine chargé de les escorter, un type d'une trentaine d'années, a grandi au Daghestan, dans le Nord-Caucase. Il y a trois semaines, il était positionné à Mossoul et logeait dans un immeuble réservé aux russophones, près de la gare routière. Il maîtrise peu l'arabe, comprend quelques questions d'Anis, curieux de connaître le quotidien de la ville du Nord, le fonctionnement des services publics, les hôpitaux, les cimetières. Le type se moque de l'amateurisme des responsables de l'État islamique à Mossoul. Près de la centrale de traitement des eaux usées, il se rappelle un autopont dont les piliers ont été construits à l'envers. Et à la mairie, un chef suspectait tout le monde de vol parce qu'il ne savait pas calculer les pourcentages dus au titre de l'impôt islamique.

Le guerrier du Daghestan poursuit mais Anis ne l'écoute plus. Dans son esprit, la liste des priorités s'est raccourcie. C'est à pleurer. Il reste à admettre sa défaite, rejoindre piteusement l'ambassade dans le centre de Bagdad pour se constituer prisonnier, les articles des sites Internet tunisiens ont fait référence à un mandat d'arrêt délivré par la juge Maarouf. Il sera interrogé par le fonctionnaire chargé des coopérations judiciaires, avant d'être expédié en Tunisie pour être incarcéré. Anis lui communiquera la position du cimetière le plus probable, pour que le corps de Charifa soit ramené, des convois humanitaires entrent et sortent encore de Mossoul.

Aujourd'hui, 23 mai 2016, la dernière phase de la bataille de Fallujah est engagée. L'armée régulière irakienne et les milices chiites lancent l'assaut terrestre. À l'intérieur des maisons, on est au courant depuis 5 heures du matin, lorsqu'ont éclaté en centre-ville les obus de la 9e division. Les maisons en ont été ébranlées. Des canons M198, livrés par les Américains, tirent sur les immeubles au 155 mm des projectiles de 45 kilos, on les transporte à deux mains, leur cri ressemble au chant d'un baryton basse dont les rues renverraient l'écho. À l'atterrissage, certains se fragmentent et criblent la zone, d'autres libèrent des fumées incandescentes de phosphore blanc qui carbonisent les tireurs en embuscade.

Au sommet de l'imprimerie, des combattants observent ; eux ne sursautent pas lors du choc des explosifs. L'un griffonne sur un cahier, un autre sur une carte trace les zones probables d'installation de l'artillerie ennemie. Ils commentent la couleur des déflagrations, en déduisent la variété des charges, jaugent leur efficacité. Là, ils chronomètrent le temps écoulé entre le tir et l'impact, palabrent, se montrent sur les téléphones les résultats de leurs calculs, conviennent d'une distance, un à-peu-près. Des montagnards estiment l'éloignement de l'orage. Un type aux joues ridées et à la barbe grisâtre, que les autres entourent, tranche ; pas de doute, les canons les plus proches se concentrent au sud et au nord-ouest, à environ 10 kilomètres du centre. Dans ces deux secteurs, l'infanterie s'engagera avant 14 heures, conduite par la Brigade Badr et des escadrons des 1re et 8e Divisions. Ils s'attendaient à ce chemin, la route a été parsemée de mines.

Dans l'immédiat, les soldats du gouvernement chiite visent encore les logements des chefs, croient-ils, et d'autres, dont les caves abritent selon eux des stocks de munitions. Il y a trois semaines, la police religieuse du Califat a confondu un traître, sans l'arrêter, préférant l'abreuver de fausses indications, dans le dessein qu'il les répercute. Les autres ajustent ces faux objectifs, sûrs de porter des coups décisifs, sans affoler les défenseurs de la ville. Par jeu, on a attaché quelques prisonniers à l'intérieur de ces positions.

Depuis une heure, la cadence des 155 mm fléchit ; trois tirs la minute, puis un toutes les deux minutes, un toutes les quatre minutes. D'autres instruments prennent la relève, les BM-21, dont le feulement s'invite au récital. Ce sont des lance-roquettes multiples, de fabrication russe, montés sur des camions. Quarante jaillissent à chaque tir. Cette grêle s'abattra jusqu'à l'heure du déjeuner sur les carrefours, les passages charnières. Elle défriche davantage qu'elle élimine, débarrasse le terrain avant l'envoi des premières colonnes.

17

Mossoul, 4 mai 2016, 22 heures. Qu'est-ce qui se passe ? Aucun bruit ne parvient à ses oreilles. Le silence total. Charifa se redresse dans son lit, tourne la tête. Ses yeux ouverts ne distinguent rien. Quelque chose obstrue la lumière. Autour d'elle, des spectres opaques se balancent, aux reflets orange et gris. Et cette chaleur, d'où vient-elle ? Pourquoi une température si élevée ?

Avant de dîner, elle s'est allongée ici. La journée à l'hôpital a été épuisante. La vieille de la chambre 303 l'a excédée, une acariâtre qui ne meurt pas, qu'il faut bien satisfaire, qui s'acharne contre le petit personnel du Califat, les aides-soignantes comme elle. C'est la mère du commandant militaire du secteur ouest, aucune dose de morphine ne lui est refusée, y a pas de justice… Et ensuite ? Se remettre les idées en ordre. Il ne faisait pas encore nuit quand elle est arrivée dans l'immeuble. Ousman et les autres, ceux de la brigade de secours, discutaient en bas devant le garage, près des trois camionnettes Suzuki, sans banquette à l'arrière. Elles servent d'ambulance, ils les avaient nettoyées. Sous le niqab, elle a baissé le regard mais a aperçu les garçons qui étaient là, toujours les mêmes, pas très malins. Comment Ousman peut-il les supporter ? En ce moment, en plus de l'équipe, une douzaine de combattants habitent dans le bâtiment, certains originaires d'Europe. Elle est montée se reposer au premier étage.

Elle réalise. Un bombardement les a touchés ! Vacarme plus assourdissant que le tonnerre, ses tympans ne captent toujours aucune vibration. Une secousse a parcouru les murs et le lit a tremblé. Où est Ousman ? Charifa pose les deux pieds pour se lever. Une pente l'entraîne, la tête cogne le sol, son corps glisse à travers la pièce, jambes en avant. Un meuble l'arrête. Des tessons de verre lui ont coupé le bras, du sang s'écoule, elle le voit. Sa vue se rétablit. Rien ne tient droit, le parterre s'enfonce vers le rez-de-chaussée. Elle se relève, trouve l'équilibre et part en trombe. La porte est bloquée, des armatures d'acier arrachées des panneaux de plâtre ont éclaté l'huisserie. À coups de pied dans le panneau de bois, à coups de rage, elle ouvre une fente, s'y faufile.

À cette heure, ils devaient manger au troisième. Elle court dans les escaliers, jonchés de vêtements, de vaisselle brisée et de blocs de ciment. Enjambe un cadavre, à demi carbonisé, un type arrivé récemment, une fissure béante parcourt sa tête. Un tube néon dégringole et la heurte. Le son revient, puissant, en provenance des quatre points cardinaux ; morceaux de pierre qui s'effondrent, hurlements, flammes qui dévorent le bois et craquent, des cris au-dehors. Elle parvient au deuxième étage. Dévasté. Le niveau supérieur s'est en partie écroulé dessus. Au centre, la chape de béton du plafond aplatit tout. Il y a des corps sous cet amoncellement. Qui dégorge ; des filets d'hémoglobine se répandent. Dans leur sillage, des morceaux d'une peinture blanche partie en lambeaux rougissent.

Il est là, Ousman, assis par terre, appuyé contre un pilier, hébété, les mains agitées autour d'une cuisse. Charifa se précipite. Il essaie d'articuler. Une plaque de métal lui a sectionné le bas du fémur ; des jets de sang giclent, par intermittence. Quelle quantité s'est écoulée ? Elle évalue la marre. Un litre et demi, au moins. C'est une hémorragie massive, on lui a déjà montré une telle blessure, parmi les plus graves, en l'absence de soins la mort intervient en quatre à six minutes. Ousman s'est appliqué un garrot en haut de la jambe, près de l'aine, avec sa ceinture et une cuillère en travers du nœud pour accroître la torsion, mais le cuir ne serre pas ; ses doigts blessés ne tendent pas suffisamment. Charifa sangle de toutes ses forces pour compresser l'intérieur de la cuisse, au niveau de l'artère, pour ralentir le débit. Elle respire avec force, retrouve son calme, accomplit les gestes dans l'ordre. À l'hôpital, il reste des poches de sang disponibles dans son service.

L'incendie gagne la pièce mitoyenne, une fumée noire s'infiltre. Charifa s'accroupit, intercale la tête sous une aisselle, prend appui, ses bras entourent le torse d'Ousman ; elle se dresse et soulève.

En bas dans la cour, un membre de la brigade la seconde aussitôt. Ousman est allongé à l'arrière d'une camionnette. L'autre démarre en trombe. Une colère sourde monte, contre elle-même, contre cette ville, ces dingues. Combien de fois faudra-t-il le sauver ? Pourquoi cette dispute interminable d'hier soir ? Pourquoi c'est si difficile d'être amoureuse d'un type comme ça ? Avec cette authenticité, mais cette naïveté, cette obstination. Il entrouvre la bouche, murmure, elle se love contre son cou, caresse ses lèvres glacées. Il s'excuse pour la querelle de la veille.

— On s'en fout, ça compte pas ! Dis rien. Ton pouls est rapide, essaie de contrôler ton rythme cardiaque, il ne doit pas s'emballer, on sera à l'hôpital dans vingt minutes, t'auras droit à une transfusion.

Il penche la tête, veut discuter encore, mais à voix basse, pour que le chauffeur n'entende rien.

— Faut suivre le plan, Charifa, surtout ne pas le reporter, y aura pas d'autres occasions avant un moment. Faut que tu m'écoutes. D'accord ?

Il grimace. Respire mal. Un tesson de verre effilé de la longueur d'un couteau est logé dans son flanc, entre deux côtes. La pointe pénètre jusqu'au poumon. Il ne ressent qu'une gêne, la douleur au genou a endormi les autres terminaisons nerveuses.

— Laisse tomber le plan pour le moment, économise-toi, tu ne seras pas rétabli en deux jours… Pas question que je parte sans toi, après tout ce qu'on a subi. Tu crois que c'est maintenant que je vais renoncer ? Que je vais obéir ? Ça n'aurait aucun sens… tout ce qu'on a fait, tout ce qu'on s'est dit !

Son visage amorce un rire. Huit mois qu'ils élaborent ce stratagème. Désormais, impossible de voyager avec Ousman dans cet état.

Charifa a conçu le scénario. Dans leur lit chaque soir ils l'ont répété, corrigé, amélioré ensemble, sans rien écrire, ni sur ordinateur ni sur papier. Il a fallu mettre en scène leur dévouement pour les gens en fin de vie. Même les pires. Des vieillards incurables jusqu'aux criminels fanatiques blessés au combat. Quand ils se savent condamnés, beaucoup souhaitent vivre les derniers instants aux côtés de leur famille. Lorsque celle-ci réside dans des villages des environs de Mossoul, ils peuvent être autorisés à la rejoindre, en général en ambulance, avec une aide soignante et un chauffeur. On l'accorde aux Irakiens ayant des relations chez les responsables de l'État islamique. Le véhicule passe alors les check-points et approche de la ligne de front, où tout devient possible, où, entre deux assauts et une contre-offensive, le désordre gouverne.

Des mois de comédie ont été nécessaires. Il fallait afficher de la compassion pour les mourants, surtout pour les djihadistes et leurs parents, et une fidélité totale au Califat, pour que les chefs songent à eux. Impensable de se proposer spontanément pour de tels transports aux confins des territoires de Daech. En novembre, le chef de district leur a fixé des premières missions à l'intérieur de la cité. Et en janvier, ils ont reçu une feuille de route pour ramener un agonisant quinze kilomètres au-delà du barrage qui marque les limites de la cité, un chef islamiste éventré par une grenade. Depuis, Ousman et Charifa ont évacué cinq moribonds vers des bourgades au-delà des zones autorisées. À chaque fois, c'était trop au sud, ou la distance avec la ligne de front était trop importante, le risque d'être repéré trop grand. Il fallait être patient.

En ce moment, une malade réunit toutes les conditions. La vieille de la chambre 303, en attente du trépas. Elle aimerait mourir dans son village du Nord, en lisière d'une vallée que se disputent djihadistes et forces kurdes. Lorsqu'elle l'aura décidé. Ousman a rassemblé les cartes d'état-major actualisées de la brigade – avec localisation des champs de mines et des barbelées. Ils ont appris par cœur les chemins, sélectionné des fermes et des entrepôts où ils se ravitailleront, avant d'abandonner le véhicule. À la fin, ils marcheront sur un large sentier à découvert, un itinéraire exposé que n'emprunteraient jamais des soldats. Ils progresseront en levant les bras, trois cents mètres avant les positions kurdes, sans vêtements amples ni bagages, mouchoir blanc à la main. Le profil de la 303, ils l'attendent depuis septembre dernier.

Ce plan, c'est leur réconciliation, leurs fiançailles. Les semaines après l'arrivée de Charifa, ils occupaient leurs soirées à se disputer, en chuchotant, pour ne pas s'attirer d'ennuis. Ousman lui en voulait. Une folie. Risquer sa peau ici, pour une fille non croyante, tout ça après avoir rompu. Pour se prouver quoi ? Dans quel but ? Au nom de quelle logique ? Elle a répondu par des généralités, des phrases adressées au monde entier, prononcées les yeux dans les yeux, dans cette chambre minuscule. Pourquoi l'amour rend con ? Inattendu ? Pourquoi s'efforcer d'être prévisible aux yeux des autres ? De leur offrir l'histoire qu'ils attendent ? Qui confortera leurs idées ? T'y as pensé ? Ce besoin désolant de placer les gens dans une trame familière.

Je me suis libérée de mon récit. C'est si dur à comprendre ? Le script où je joue une fille un peu en colère mais pas trop, résignée devant les printemps arabes qui pourrissent, programmée pour servir des argumentaires commerciaux à des Européens. Cette fiction, faut l'oublier, je l'ai déchirée. Rigole pas ; je vais te libérer de la tienne. Celle où tu devrais choisir entre une vie dans ce bled d'arriérés du Sud tunisien, ou une vie chez des djihadistes pour être digne de ton père. L'ancêtre qui n'est jamais allé à l'école et s'est réfugié dans des superstitions d'un autre âge. Je te connais. Aucune de ces deux options ne te ressemble ! Daech n'est qu'une énième promesse, énième arnaque marketing, pour des gens en quête de fantasme, avec des héros pensés pour eux. Tu veux aider les autres, tu évites de les juger, t'es curieux. T'as rien à voir avec ton père. T'as rien à faire au milieu de ces pantins, ici, ni dans le deux pièces minable de tes parents, là-bas. Tu vois, c'est simple, je suis Orphée. Je descends aux enfers chercher ma moitié, sans lui demander son avis.

Ousman s'assoupit. Visage détendu. La Suzuki blanche freine devant l'hôpital. Deux infirmiers se hâtent. Le brancard attend sur le bitume, ils ouvrent la portière, Charifa les aide à le bouger, à le porter. On sort, avec des gestes lents. Elle s'arrête une seconde, se tourne vers la camionnette, palpe ses propres vêtements, son téléphone ? ses papiers ? et ceux d'Ousman ? Elle suit le brancard, vingt mètres plus loin, qui roule vers la salle d'urgences. Dans le couloir, il y a une trentaine d'estropiés sur des chaises ou des lits, certains avec des pansements, d'autres pas, des plaies ouvertes attendent.

Au bout, dans une pièce plus large, les blessés sont alignés face à un médecin, il les répartit, sélectionne les prioritaires. Il déboutonne la chemise d'Ousman, place son stéthoscope. Recommence. Observe les plaies, lève les yeux, cherche des proches qui auraient amené le jeune homme. Il s'arrête devant le regard paniqué de Charifa. Désolé. Rien à faire, le cœur a cédé, il ne repartira pas. Fini.

18

26 mai 2016, 19 h 30, Bagdad. Selon la direction du vent, le pilonnage de Fallujah résonne jusque dans le centre de la ville. Les soirées en sont rythmées. À l'instant : deux longues explosions. Dans le quartier de Karrada, les vendeurs de brochettes et leur clientèle s'immobilisent le long des trottoirs. Cuisson et mastication s'interrompent le temps d'échanger des estimations entre connaisseurs. Les plus perspicaces orientent le regard vers l'ouest, le soleil est couché depuis longtemps, des flammes lui succèdent. Qui s'apitoierait sur les habitants de cet horizon ? On termine les brochettes. Deux thés à la menthe s'il vous plaît. Plus loin, des habitués convergent vers « l'Étoile de Paris », le bordel a ouvert.

En dessous de ces rues, le colonel Abdallah des services irakiens patiente. Saleh a dix minutes de retard. Inhabituel. L'émir de Fallujah est attendu pour convenir des ultimes détails de son exfiltration, quand se conclura l'offensive terrestre, au moment d'anéantir le repaire de son unité de propagande. Le renforcement des contrôles a dû le gêner, il aura multiplié les détours. On entend marcher dans les souterrains, quelqu'un toque à la porte de la cave. Trois personnes pénètrent dans la pièce, le directeur des services de sécurité irakiens en personne et un adjoint, accompagnés d'un général qu'il ne connaît pas. Sur la poitrine de ce dernier brillent les insignes de la Première division, responsable des opérations antiterroristes. Ils se plantent face à Abdallah.

— Saleh, c'est terminé ! L'opération est annulée, vous ne le verrez pas aujourd'hui, ni les autres jours. Le messager chargé de lui transmettre la convocation à ce rendez-vous a été intercepté.

Les rides sur le front du colonel Abdallah se plissent, il allume une cigarette.

— Passons la prochaine demi-heure ensemble, colonel Abdallah. Notre décision est entérinée. Saleh a outrepassé les règles, c'est tout.

— Quelles règles, Monsieur ?

— L'accord d'il y a quatre mois était clair. Sa brigade devait, sur les réseaux sociaux, continuer à séduire des jeunes gens au nom de l'État islamique, éventuellement les attirer en Irak. Mais plus jamais les encourager à commettre des attaques suicide. En échange de notre amnistie, il nous remettait des localisations, pour préparer nos interventions ou aider aux bombardements alliés. Il devait servir de pot de miel et s'en tenir à ça.

— Les premiers temps il était du côté de Daech, c'est vrai. Mais après, il nous a donné tout ce qu'on lui demandait…

— Il a permis la préparation d'un attentat suicide contre une base militaire chez l'un de nos alliés, en France. Une terroriste, Lila_93, a été conditionnée par les gens de chez lui. Ces dernières semaines, les services de renseignements de nos partenaires ont identifié et écouté l'imprimerie de Fallujah. Les serveurs qu'ils utilisent ont été cartographiés. Ils nous ont demandé l'autorisation de la détruire, et lui avec, quand il serait à l'intérieur. C'était difficile de refuser, d'expliquer que c'était un gars formidable que nous avions retourné, qui était à notre solde.

— L'attaque en France n'a jamais eu lieu, non ? La kamikaze a été interpellée je crois !

— Et alors ?

— Saleh a recruté un adjoint, un Tunisien plus âgé que les autres. Avec le temps, il a acquis la certitude qu'il était plus ou moins une balance, il a la preuve qu'il transmet des informations à Tunis, via un réseau Wifi qu'il bidouille. Saleh l'a juste laissé les prévenir, pour empêcher l'attentat, pour respecter notre contrat, sans que l'état-major de Daech le suspecte.

— On n'était pas au courant, personne de l'état-major n'a autorisé ça. Et on ne l'aurait pas approuvé si on avait été consulté. De toute façon il accumulait trop d'ennemis chez nous. Nous avons passé un nouveau pacte avec un autre type du Comité militaire de l'État islamique, un profil davantage dans les affaires. Sitôt les principaux territoires reconquis, il sera candidat et se portera garant de nos accords avec la confédération tribale de Saleh.

19 h 40, Fallujah. Faut sortir. C'est l'heure du dîner et il reste des habitants à visiter. Baker apprécie leur garde du corps, le moudjahidine du Daghestan. Un type peu loquace mais de bonne humeur. Sois de retour avant 23 heures, a rappelé l'instructeur, les jeunes de la brigade assureront demain matin leur première mission sur le front, aux portes de la cité.

Dans la rue, Anis et lui relisent le script à la lumière d'un feu rouge. C'est leur deuxième démarchage de la journée. Anis regarde encore l'imprimerie de dehors, sous des angles nouveaux, inaccessibles ces derniers mois. Tous les trois s'engagent dans la ruelle des marchands d'outillage, à quatre cents mètres des remparts de la brigade. Deux échoppes demeurent ouvertes ; on y vend les dernières lampes de poche de la ville et des jerricans pour les réserves d'eau. Un groupe de femmes voilées traverse vers un immeuble de deux étages, les bras chargés de paniers. Des familles vivent ici, c'est certain. Anis, Baker et le type du Daghestan bifurquent vers elles. Souvenez-vous, on dit que nous venons à leur rencontre pour les avertir, pour des questions de sécurité.

Dans le ciel assombri, à trente-cinq mille pieds au-dessus de la périphérie de Fallujah, deux Rafale virent vers le nord. Dans la courbe, l'un d'eux largue un Scalp, missile rectangulaire et dérisoire à cette altitude. L'engin plane. Deux tonnes, quatre cents kilos de charge et un détonateur savant qui diffère l'explosion après avoir touché la cible. Grâce à sa vitesse et à son poids, la coque d'acier s'introduit intacte dans les édifices. Elle perfore les parois et s'enfonce en un seul morceau.

Un claquement lourd retentit. Quelqu'un a entendu ? Ça provient du deuxième bâtiment de l'imprimerie… On aurait dit un éboulement. Ou un drone qui serait tombé à côté. Ou une fuite de gaz. Trois, quatre. Cinq secondes s'écoulent. Un tonnerre fracasse l'air et le temps, bouscule l'immeuble entier de la brigade, le bâtiment vibre, tous les étages brinquebalés en un même mouvement. Une expiration de géant l'accompagne, partie du centre de l'édifice, c'est un brouillard d'air noir qui fuse, avec en son milieu des torches bleues et orange, ça pulvérise le sommet, démolit les murs. Un incendie éclate sur des morceaux du deuxième niveau encore debout, pour peu de temps, suivi d'un champignon de fumée de la hauteur d'un gratte-ciel. Un pan de la façade s'effondre. À l'angle un pilier d'acier rougi transperce le mur pignon. Des grincements métalliques se joignent au crépitement, vite atténués par un choc assourdissant, l'affaissement des étages.

Paralysés un moment, Anis et Baker assistent au raz-de-marée de poussière. On entend des hurlements. Baker et le gars du Daghestan se précipitent. L'essentiel de la brigade travaillait ce soir, Saleh et toute l'équipe. Anis à grandes enjambées les suit, sans trop savoir. Il pleut du ciment, des gravats sont projetés. Vite, se mettre à l'abri contre le flanc de l'un des vieux autobus barrant l'entrée. Des petits fragments, montés plus haut dans le ciel, dégringolent sur eux. Ils caillassent la rue, les maisons d'à côté, les voitures. Une voix crie au loin. Un homme sort de l'autre immeuble de l'imprimerie, c'est l'instructeur. Il appelle. Baker se redresse, le reconnaît. Anis le retient contre lui. L'adolescent se débat. Ses coudes, ses mains, ses pieds le rejettent, il crie, répond à son chef. Anis hésite. Baker surgit de l'arrière de l'autobus et traverse les centaines de mètres jonchés de blocs éclatés et de débris brûlants. Son professeur, visage couvert de poussière, ouvre les bras, il se blottit contre lui. D'autres s'élancent vers les ruines, pour les blessés, pour sauver des frères d'armes.

Près de la barrière, il y a la moto de Saleh, la Suzuki réservée à ses déplacements secrets. Surtout ne pas tergiverser. Anis l'enfourche, il faut s'arracher, mettre les gaz. En avant ! Sur la route, il croise des camions des services de secours. Deux autres sites ont été touchés, d'autres gerbes de fumée se hissent vers le ciel.

Là, tourner à droite et à gauche, puis prendre la deuxième sortie au rond-point. Dans son esprit défile la carte de la ville dépliée dans le bureau de Saleh, il s'oriente vers le nord-ouest, où les combats se déroulent. Les vérifications y seront moins nombreuses, les moudjahidines là-bas se focalisent sur l'avancée des milices chiites et des troupes gouvernementales. Le plus vite possible, s'aventurer dans le dédale de ces ruelles minuscules des faubourgs, se cacher. Et ensuite, privilégier les terrains vagues vers Bagdad, et une fois dans la capitale, foncer jusqu'au quartier d'Al Mansour, sonner à l'ambassade de Tunisie.

19

Ici, sur deux cents mètres carrés, on rend la justice. Le brouhaha s'amplifie dans la salle d'audience du tribunal de Tunis. Sur le banc des accusés, entourés de deux gendarmes, Charifa et Anis baissent la tête, il ne faut pas irriter le président de la chambre criminelle, a insisté l'avocat. Pendant tout le procès, efforcez-vous d'afficher un air grave et étonné, celui des innocents, effacez les signes d'agacement ou d'ironie, les magistrats en ont horreur.

L'audience s'achèvera mardi soir, après quatre jours de débats. Avec Me Soufiane, ils les ont préparés, depuis leur retour sur le territoire tunisien, il y a huit mois pour Charifa, treize pour Anis, et leur placement en détention. L'avocat depuis le début se veut rassurant, aucun fait établi ne les place sous le coup des condamnations les plus sévères. Ils en ont discuté lors des parloirs à la prison de Monarguia. Certes, les délits d'apologie du terrorisme et de participation à une bande armée seront embêtants à contester, cependant des circonstances atténuantes existent. Elle, c'était pour libérer son fiancé, l'arracher à une emprise. Lui, c'était pour ramener sa nièce, la sortir de là.

En somme, deux secouristes comparaissent devant nous ! On voudrait vous croire. On ne demande que ça ; mais alors, pourquoi avoir élu domicile à Fallujah pour l'un, à plusieurs centaines de kilomètres de l'endroit où l'autre résidait ? Était-il si difficile de voyager sur les territoires de Daech pour l'adjoint d'un émir ? Un responsable d'une brigade chargée des questions de communications n'avait-il pas accès à des ordinateurs et des téléphones pour la contacter ? Elle, aide-soignante à l'hôpital de Mossoul, dont la photo était même parue dans le magazine de promotion de l'État islamique ? La ville était alors sous le contrôle des légions du pseudo-Califat, était-il si ardu de s'en rapprocher, d'une manière ou d'une autre, pendant tous ces mois ? Si votre priorité était de lui porter assistance ? Et elle ? Elle aurait fui à bord d'une ambulance transportant une vieille femme malade vers une bourgade du Nord... Vraiment ?

Hier et ce matin, le procureur a asséné ces interrogations sans solliciter Anis ou Charifa, ou alors du regard. Des manières de rhéteur, destinées à sous-entendre la réponse, à l'installer dans l'esprit du président. Et lui, à quoi pense-t-il ? Quelle opinion se forge dans cette tête ? La soixantaine bonhomme, il ne cesse de caresser son double menton, opine du chef. Les sourcils lui manquent. Crâne chauve, visage glabre, le juge ne laisse rien paraître. Nulle émotion perceptible à cette distance, dix mètres du banc des accusés. De son poing boudiné, il tapote sur le micro, côté chevalière. Les tympans se figent, les bavardages faiblissent, le silence s'instaure.

Les interrogatoires des accusés commencent. Anis et Charifa se lèvent, s'approchent de la barre, la saisissent, épaules détendues, regard droit.

— Monsieur le président, vous attendez sûrement une histoire qui rassure, qui concorde avec la réalité que les enquêteurs et vos confrères ont imaginée. Vous allez être déçu. Beaucoup. Tant pis. Notre histoire ne correspond pas à celles que vous avez entendues, et nous ne sommes pas responsables de celles que vous avez crues.

Remerciements

À Hisham el Hashemi, conseiller à la sécurité du Parlement irakien, à nos belles soirées dans Bagdad, à son optimisme et à son sourire, qui longtemps rayonneront, malgré l'exécution dont il a été victime le 6 juillet 2020. À Jawad Bashara, politologue irakien, amoureux du cinéma français, communiste de cœur mais issu d'une famille de dignitaires chiites, incarnation des paradoxes et des charmes du peuple irakien, à tout ce mois que nous avons passé ensemble là-bas. À Jaques Baynac, pour ses stimulantes analyses sur « la société de fiction », héritière de « la société du spectacle ». À Gilles Kepel et à la chaire Moyen-Orient Méditérranée de l'ENS pour la qualité des séminaires auxquels j'ai eu le privilège d'assister. Aux fonctionnaires et aux contractuels soucieux de leur anonymat qui, sous l'égide d'Europol, ont coordonné plusieurs opérations (notamment en avril 2018) contre les serveurs du pseudo-État islamique et contre ses outils de propagande en ligne installés en Syrie et en Irak et qui ont bien voulu me parler de leurs découvertes.

À Dounia Bouzar et Sulayman Valsan qui m'ont accueilli dans leur équipe, en particulier dans le cadre d'interventions à l'intérieur de foyers où sont reçus des mineurs touchés par des phénomènes de radicalisation islamiste. À Christophe Bataille et Pierre Marlière des Éditions Grasset, enfin et surtout, pour leur soutien et leur fidélité.

Cet ouvrage a été imprimé
par CPI Brodard & Taupin
pour le compte des éditions Grasset
à La Flèche (Sarthe)
en mars 2022

Mise en pages Belle Page

PAPIER À BASE DE
FIBRES CERTIFIÉES

Grasset s'engage pour
l'environnement en réduisant
l'empreinte carbone de ses livres.
Celle de cet exemplaire est de :
450 g éq. CO_2
Rendez-vous sur
www.grasset-durable.fr

N° d'édition : 22402 – N° d'impression : 3047050
Dépôt légal : avril 2022
Imprimé en France